講談社文庫

闇の梯子

藤沢周平

講談社

目次

闇の梯子

父《ちゃん》と呼べ

一

徳五郎は一部始終を見た。

その日は、寿松院裏の元鳥越町《もととりごえ》で、万石屋という酒屋の棟上げがあり、仕事はそれで終って酒を頂いた。その帰り路だった。

西福寺《さいふくじ》の塀脇を過ぎて、浄念寺門前で道を右に曲り、門前町に続く御蔵揚《おくらあげ》組屋敷の黒い塀なりに、今度は左に曲って福富町二丁目に出た。

ときどき足が縺《もつ》れたが、そう深く酔っているわけではない。ただ五十を過ぎてから、酒が足にくるようになった。そしてすぐ眠くなった。要するに酒が弱くなったのである。一年ばかり前、浅草広小路の茶屋で深酒をのみ、川ひとつへだてた竹町の裏《うら》店《だな》にどうしても帰れず、大川橋の橋袂《だもと》に寝込んだことがある。師走近い寒い風が吹く夜で、そのときは心配して見にきた女房のお吉が、枯草の中に丸くなって寝込んでいる徳五郎を見つけたが、朝までそうしていたら凍え死んだよ、とお吉にどやされた。「てっきりお薦《こも》かと思ったよ」と、お吉はしばらくの間近所にそのことを触れ廻ったが、それ以来酒に対して口煩《うるさ》くなった。それが面倒だから、徳五郎も深酒にならないように多少気を遣っている。

それでも福富町を外れて、馬場のあるところにくると、柵をもぐって勢いよく土堤《どて》に駆け上って小便をしたのは、やはり酔いが廻って気分がいいからである。長い立小便を終って、土堤を降りかけたとき、馬場と反対側の前田兵部様の屋敷の塀ぎわに、縺《もつ》れ合う人影を見た。

痩《や》せた中背の男が、腰が曲りかけているが大柄な白髪の男に襲いかかったように見えた。「あ、あ、野郎」と徳五郎は思わず声を出した。物盗りだと思った。空にはまだ十分明るみが残っているが、その塀際のあたりはうっすらと暗い。思わず土堤を駆け降りようとしたが、足は不意に止って、徳五郎はあんぐり口を開けた。揉《も》み合っているのは二人だけだと思ったが、二人の間から蹴り出されたように子供がひとり、路に転げ出たのを見たのである。驚いたことに、その子供は泣きもせず、もう一度白髪の男の脚にしがみついて行ったのである。こりゃ驚いた、と徳五郎は呟《つぶや》いた。

しかし揉み合いは妙なことになっている。白髪の老人は意外に元気で、襲いかかった痩せた男の方が殴られていた。しがみついているのがやっとのように見える。そのとき徳五郎は、馬場の先にある天王《てんのう》町の方から、人が駆けつけてくるのを見た。天王町の並びに加藤遠江守《とおとうみのかみ》の屋敷があって辻番所がある。争いを見つけた者が番人に知らせた模様だった。

ひとしきり人が揉みあって、やがて白髪の老人は何度も頭を下げ、人だかりから離れて行った。その後痩せた男が揉みあいで痛めたらしい足をひきながら、番所の方に引き立てられて行くのを見届けて、徳五郎は土堤を降り、柵を潜って路に出た。

ゆっくり歩いて、馬場の土堤下にそこだけ高い樫の木が二本立っている場所にきた。木の下は、木槿《むくげ》に枯れた蔓草が絡んだ藪《やぶ》になっている。暗い。子供はその中にいた。人が駆けつけてくるのを見たとき、痩せた男が鋭い声で叫び、その声で子供が一散に道を横切り、この藪に隠れたのを徳五郎は見ている。

「おい」

と徳五郎は言った。

「出てきな。もう誰もいねえぜ」

見ると五ツぐらいの男の子だった。子供は木槿の根もとに蹲《うずくま》ったまま、眼を光らせて徳五郎を見上げたが、動こうとはしなかった。ところどころ継ぎ当てがしてあり、当てきれないところは破けたままの、垢《あか》じみた袷《あわせ》を着ている。細い頸《くび》が哀れに見えた。

「出てきなって、え？　大それたことをしやがって。ま、それはいい、おじさんが家まで送ってやら。出てきな」

徳五郎は手を伸ばしたが、「いてて」と言ってその手を引込めた。子供がいきなり手の甲に嚙みついたのである。

「まるで犬の子だな、こりゃ」

徳五郎はひょろりとよろめいてから、嚙まれた手を嘗《な》めた。

「おめえ、なんだな、俺を疑ってるな。見そこなっちゃいけねえや。こう見えても俺ア大工の徳五郎だ。お役人がこわくて、おめえを引き渡すような俺じゃねえや」

徳五郎は見得を切った。

「さ、出て来いよ。送って行こう」

それでも子供が動かないのをみると、徳五郎は猫撫《な》で声になった。

「おめえ、腹へってねえか」

ばばんと腹掛けを上から叩いた。

「銭はあるんだ。そのあたりで蕎麦《そば》でも喰おうじゃねえか、え？」

男の子の躰が動き、やがて藪の中に立ち上った。そのまま光る眼で徳五郎を見つめている。その背丈が、最初見た印象よりもさらに小さいのに徳五郎は胸を衝かれた。

「よし、行こう」

徳五郎は威勢よく言った。

「こうなりゃ焼いた魚であったけえ飯でも喰おうじゃねえか。な？」

徳五郎は歩き出した。振り返ると、子供は道のきわまで出ている。

「それとも団子にするかな、団子」

言って徳五郎は歩き出した。子供は暫《しばら》くの間距離を置いて蹤《つ》いてきたが、黒船町と諏訪《すわ》町の間を抜けて千住《せんじゅ》通りに出る頃には、徳五郎と並んでいた。

「あれはおめえの父《ちゃん》か」

と徳五郎は言った。足をひきずり、大勢の人に引き立てられて行った男の姿が脳裏に浮んだ。

「それにしてもだらしがねえぜ、え？　あの爺いの財布でも頂こうとしたんだろうが、何とまあ、逆に叩かれていたじゃねえか。あれじゃしまりがねえってもんだ。俺ならああいうへまはしねえ。ちゃんと相手を見定めてからやる」

まだ少し酔ってるな、と思った。そう思ったとき、徳五郎はふと大事なことを忘れていたことに気づいた。

「おっと、うっかりしてたな」

徳五郎は立ち止ると子供を見下ろした。

「おめえ、家はどこだい」

「……」

「おっ母《かあ》が待ってるだろ？　心配してるぜ、おっ母がよ」

子供は黙って、光る眼で徳五郎を見上げているだけだった。

二

「おう、いま帰ったぜ」

竹町の裏店の家に戻ると、徳五郎は威勢よく怒鳴った。

「なんだい、いまごろ帰って大きな声を出すんじゃないよ」

台所のあたりで、お吉が怒鳴り返す声がした。

「朝でかけるとき、お前さん何て言ったんだい。今日は万石屋の棟上げだから帰りは早え、今日こそ上り框《かまち》のかしいだところをなおしてやるって言ったじゃないかよ。あたりよく見廻してみな。日暮れどころか、もう夜分だよ」

「何だ、このあまア」

土間に足を踏みしめて徳五郎は怒鳴り返した。

「亭主がまだ家に入らねえうちから、べらべらべらべら文句を言いやがって。遅くなったのが悪いだと？　馬鹿言いやがれ。遅くなるには、それだけのわけがあら。文句ぬかす前に、ごくろうさまのひと言が言えねえのか、てめえは」

徳五郎とお吉の口喧嘩《げんか》を、裏店の人達はもう誰も驚かない。二人の口喧嘩は三年前からめっきり派手になった。三年前、一人息子の徳治が失踪した。徳治は細工物が好きで、いい腕の細工師になるかと思われたが、二十《はたち》頃から博奕《ばくち》の味を覚え、身を持ち崩した。ある夜、酒に酔って帰った徳五郎と殺すの殺さないのという大喧嘩の末に、家を飛び出して、いまは行方が知れない。

徳五郎とお吉の口喧嘩が派手になったのを、単純にあれから夫婦仲が悪くなったと見ている者もいたが、なに、あれは息子がいなくなって淋しいから、ああして景気をつけているのさ、とうがった言い方をする者もいた。

ともあれ、徳五郎が仕事から帰ってきたとたんに、滑稽な儀式のようにして、土間と家の中とで口喧嘩が始まる。お吉にしてみれば、亭主の留守中に、音沙汰のない徳治のことや、先行きのことを考えたりしているうちに、気が滅入る。それが何もかも徳五郎が五十過ぎて棟梁《とうりょう》になるあてもない、裏店住いの叩き大工の有様だからこうなったように思え、腹が立ってくるのである。そこで怒鳴る。ひと通り怒鳴ると、今度は急に徳五郎が哀れになってくるのだった。口喧嘩のあとで、二人は少し無口になり、間もなく世間話など始めるのだが、その穏やかな時間は、いつもひどく淋しかった。そうしていると、どこか暮しに穴があいていて、そこを風が吹き抜けているのを感じるのである。

「何がごくろうさまなもんか」

お吉が手を拭きながら出てきた。

「大方酒をくらって、あっちこっちふらついて……」

おや、とお吉は言った。

「その子は何だい」

「拾ってきた。飯を喰わしてやんな」

「拾ってきたって、お前さん」

お吉は丸い顎《あご》をひいて、まじまじと子供を見た。子供はやはり黙ってお吉の顔を見返している。障子を洩れる行燈《あんどん》の灯に、眼が光る。

「遠慮することはねえ、上がんな、上がんな」

言って徳五郎は茶の間に入った。お吉は根太《ねだ》が腐って傾いた上り框に膝をついた。

「お前、どこの子？」

「……」

「おや、怖い眼ぇして睨《にら》んで。家はどこ？」

「……」

「うちの亭主酔ってるからさ。どっかから攫《さら》ってきたかと思ってね。ああ心配になってきたよ。お前、ほんとにどこから来たのさ。言ってごらんよ。え？　口をきけないのかね」

「なにうだうだ言ってんだい」

徳五郎が今度は茶の間で怒鳴った。

「飯だ、飯だ。坊主にも早く喰わせな」

がつがつと子供は喰った。一心に茶碗にくらいつくようにして食べている。徳五郎とお吉は時時顔を見合せた。

「おい、こりゃまるで飯喰ってなかったみてえだぜ」

徳五郎が小声で言ったが、子供には聞えないようだった。脇目もふらずに飯茶碗にかじりつき、時時溜息をついては食べ続けていた。

飯を食べ終ると、子供は壁によりかかり、大人がするように膝を抱いて腰をおろし、黙って二人を見つめている。子供に見られながら、二人は控えていた飯を食べ終ったが、子供が食べた分だけ足りなくなった。

「どうする?」

とお吉が言った。

「何か作ろうか。足りないだろお前さん」

「おい、坊主をみな」

と徳五郎が言った。

抱いた膝に横向きに顔を乗せて、子供はうつらうつらしている。小さな躰だった。

「腹の皮張って眼の皮たるむってやつだ。正直なもんだぜ」

「で、どうするつもりなのさ、お前さん」

お吉は探るように徳五郎の顔を見た。さっき飯の支度をしながら、お吉は徳五郎に簡単な事情を聞いている。

「まさか、このまま家に置いとくつもりじゃないだろうね」

「つもりもへちまもあるかい」

と徳五郎は言った。

「家もおふくろも無《ね》え、あのしょうもねえ親爺と二人きりだというからには、ここへ置くしか仕方ねえだろ？」

「この子がそう言ったのかい？」

「坊主が、置いてくれってなこと言うかい、馬鹿」

「そうじゃないよ。家もないし、おっかさんもいないってことだよ」

徳五郎は曖昧《あいまい》な表情になった。

「家はどこだって聞いたけど言いやがらねえ。無えのかって言ったらこっくりしやがった。大方橋の下にでも寝てたんだろ。おふくろがいるわけがねえやな」

「だけど、子供ってのは母親がいなくちゃ生れないんだよ」

「そう言えばそうだ」

徳五郎は一層曖昧な表情になった。

「それも聞いたが、野郎黙りこくって俺を睨むばかりでよ。死んだのかも知れねえな」

「気が重いねえ」

お吉は溜息をついた。

「どこの馬の骨か、素性もはっきりしない子を預かるなんて」

「うだうだ言うことはねえってんだ」

徳五郎は大きな声を出したが、はっとしたように子供の方を見た。だが子供は、抱えた膝の上に深く額を埋めたまま、石のように動かなかった。ぐっすり寝込んでいる。

徳五郎は小声になった。

「何も一生この小僧の面倒みようと言うわけじゃやねえ。とりあえず様子が知れるまで飯を喰わせて置こうてんだ」

「でもこの子」

お吉は子供を見た。

「その親爺さんと一緒になって泥棒してたと言うんだろ？　家の物持ち出したりはしないだろうね」

「おめえは馬鹿だ」

徳五郎は嘆くように言った。

「坊主は金が欲しくてやったんじゃねえや。親爺がやれと言ったから手伝ったのよ。けなげなもんじゃねえか。つまり家業を手伝ったのよ。こんな餓鬼にいいも悪いもわかるもんかい」

「それはそうだけどさ」

「第一家の中から何を持ち出そうてんだ。何もありゃしねえじゃねえか。たっぷり飯を喰わして、優しい言葉でもかけてやんな。すぐになついてくらあ」

「そんな、もらってきた猫みたいなわけにはいくかねえ」

「さあ、布団敷いてくれ」

どっこいしょ、と子供を抱え上げて徳五郎は言った。

「無邪気に眠ってら。よっぽど安心したんだぜ、こりゃ。お吉、見ねえ、可愛い顔をしてんじゃねえか」

仄《ほの》かな行燈《あんどん》の光の中に、半ば口を開いた子供の顔が浮んだ。口の端からよだれが垂れている。躰はおどろくほど軽かった。

三

「徳さん、ちょっと」

帰り支度をしているとき、棟梁の政吉に呼ばれた。万石屋の普請は骨組みが出来上って、細かい仕事にかかっている。明日からは壁師が入る筈だった。棟上げがあったあの日から、ひと月近く経っている。

政吉は焚火《たきび》のそばに徳五郎を誘った。火は消えかけていて、政吉とむかい合って立つと背筋が寒かった。

「こないだの話だが、やっと解ったよ」

と政吉は言った。政吉は徳五郎より十も年下だが、腕のいい棟梁で、材木町の棟梁といえば大工仲間で一目置かれる人間だった。大きな仕事を幾つも手がけ、お上《かみ》の御用筋の普請を請負うことも珍しくない。顔がひろかった。

子供の父親、あの時の下手な追い落しの処分がどうなったか、徳五郎は一日も早く知りたかった。それで親方の政吉に頼んでおいたのである。政吉は武家屋敷にも出入りしていたし、奉行所の仕事をしたこともある。難しい頼みではなかった。

「有難うござんした、親方」

と徳五郎は言った。

「それで？　どんな具合になってますんで？」

「いけねえよ、徳さん」

政吉は首を振った。

「島送りだ。そう決っているそうだ」

「でも親方」

徳五郎は暗然として言った。

「あっしは見ていたんだが、ありゃ追い落しなんてもんじゃありませんでしたぜ。そんな気の利《き》いたもんじゃなかった。その達者な年寄りに逆に叩かれていたんでさ。恐らく懐中物には手も触れてませんぜ」

「余罪を吐いたそうだ。石橋様がそうおっしゃった」

政吉は知っているという北町奉行所の役人の名前を口にした。

「物を盗っていりゃ死罪のところを島流しで済んだ。有難いと思わなきゃいかんと言っていたぜ」

「さよですか」

徳五郎は眼を落した。足もとには、消えかかった焚火が、力なく小さな炎を噴きあげている。ふと気がついたように徳五郎は訊《き》いた。

「無宿者ですかね、あの男は」

「いや六蔵と言ってな、深川の元加賀町に住んでいたそうだ。もっともちゃんとした仕事があるわけじゃあなくて、人足をしたり、博奕を打ったりして暮していたらしい」

政吉は言って、両手を差上げて大きな欠伸《あくび》をすると、じゃ俺は帰るが、後始末を頼むぜ、と言った。

政吉の幅広い肩が、ゆっくり仕事場を出て行くのを見送ってから、徳五郎は庭の隅に行って井戸のそばに置いてある桶《おけ》をとってくると、焚火に水をかけた。ぱっという鈍い音がして、白い灰が勢いよく舞い上った。

家の中に引き返して、道具をしまうと、箱を肩にかついで歩き出した。焚火のそばを通ると、まだじゅうじゅうという音がした。

気分が重くなっているのを徳五郎は感じている。寅太の父親が島送りになるとわかったことが胸につかえているのである。寅太というのは子供の名前である。その名前を、ようやく最近になってお吉が聞き出したのだった。子供はいくらか馴れてきたようである。お吉が外に出るときは蹤《つ》いてくるし、夕方には自分から土間や家の前を掃いたりしているという。

だが、「どうしてこの子は、こう無口なんだろ」とお吉が嘆くように、寅太は相変らずものを喋らない。名前が解ったのも、しまいに腹を立てたお吉が、

「それじゃ名無しの権兵衛にしとくよ、いいね」

と言って、ゴンベ、ゴンベと呼んだとき、小さな声で「とらた」と言ったから解っ

たのである。女の子のように澄んだ声だった。

「おや、ちゃんと口をきけるんだね」

お吉はそのとき、なぜかひどく嬉しくなって、

「そうかい、いい名前じゃないか。強そうな名前じゃないか」

などと子供におべんちゃらを言い、季節はずれの白玉を作って寅太に食べさせたのだった。

だが、それで寅太の口がほぐれたわけではなかった。相変らずものを喋らない。湯屋に連れて行って、こびりついた垢を落してやり、お吉が仕立てた小ざっぱりした袷を着せてやると、寅太は可愛くなったが、眼を光らせて人を探るような表情は変らなかった。寅太がまだ心を開いていないことを、徳五郎は感じている。閉ざした心の奥に、父親や母親が活きいきと生きていて、寅太にはその思い出だけで十分なのだろうと徳五郎は思ったりする。六蔵というあの男が島送りになれば、寅太は一生父親と会うことが出来ないかも知れないと思った。すると、寅太の小さな躰がひどく不憫《ふびん》に思えてくるのである。

大川橋を渡って家の近くまで来たとき、日はあらまし暮れかけていた。道の左右にはもう戸を閉めた家もある。五ツ（午後八時）頃まで表戸を開け放し、蚊遣《かや》りの香が

匂い、家の中から洩れるこぼれ灯の中を若い娘や子供たちが歩きまわっていた、ついこの間までの夏の風景が遠い昔のように思える。家家の軒下に漂う薄闇には、どこか冷えびえとした感触があった。

徳五郎は足をとめた。

裏店の木戸の前で、小さな人影が入り乱れ、鋭い叫びを交わしている。子供の喧嘩のようだった。五、六人で一人を殴りつけていると解ったとき、徳五郎は走った。殴られ、打ち倒された小さな躰が、気丈に立ち上って一人にむしゃぶりついて行ったのを見ながら、徳五郎は怒鳴った。

「やめろッ、この餓鬼めら！　こら」

駆けつけると、徳五郎はまだ揉み合っている子供たちを引き離し、背丈の大きい子供を選んで頭を張った。殴られているのが寅太だと解ったときから、徳五郎の頭は怒りで熱くなっていた。子供たちが、寅太よりひと廻り躰が大きい連中なのが癪《しゃく》にさわっている。

「てめえら、弱いもんいじめをしやがって」

子供たちは一斉に徳五郎を見た。突然割り込んできた大人が、すさまじい剣幕なのに驚いたようだった。

「あ、いけねえ」

一人が叫んだ。

「やばいぞ、こいつの親爺だぞ」

あっという間に子供たちは逃げ散った。薄闇の中に溶け込んだように、素早い行動だった。あとは急に静かになった。

「ひでえことをしやがる。怪我はねえか」

徳五郎はしゃがみ込んで、寅太の泥まみれの着物をはたいた。顔も土がこびりついて、鼻血を出している。

「鼻血が出ているな？」

徳五郎は武骨な指で、黙って眼を光らせている寅太の鼻の下の血と泥をぬぐってやった。

「大したことはねえ、すぐ止る。ほかに痛えところはねえか、よ？」

不意に寅太が胸にしがみついてきた。中腰になっていた徳五郎は思わず尻餅をつきそうになったが、受けとめると軽軽と抱き上げて立ち上った。

「さ、家へ帰るぞ」

耳のそばで泣き声が洩れた。歯を嚙みしめるようにして寅太が泣いている。小さな躰の顫《ふる》えが手に伝わってくる。

「よし、よし」

と徳五郎は言った。

「今日からは俺がおめえの父《ちゃん》だ。おめえをいじめる奴がいたら、片っ端から俺が退治してやら」

島送りだ。そう決っているそうだと言った親方の政吉の声が、暗く甦《よみがえ》る。抱き上げた胸から肩に伝わってくる、子供の躰の温か味が哀れだった。

「父《ちゃん》と言ってみな。え？　おうと返事してやるぜ。お吉はおめえのおっ母《かあ》だ。な、父《ちゃん》と呼んでみな」

泣き声は号泣に変った。返事はなかったが、寅太が心を開いたのを徳五郎は感じた。寅太の手は徳五郎の首にまきつき、しっかりと襟を摑《つか》んでいる。強い力で息苦しいほどだったが、木戸をくぐりながら、徳五郎は心が和み、満たされるのを感じていた。

四

深川元加賀町のその裏店は、徳五郎が住んでいる竹町の裏店より古びて、最近手入れをしたこともないらしく、軒が裂け、屋根に秋草が生えているのが見えた。

「六さんのことですか」

丁度表に出てきた四十過ぎの女をつかまえて六蔵のことを聞くと、女は無遠慮な眼でじろじろと徳五郎を見た。

「いまはいませんよ。あの人どっかに越したんじゃないかしら」

「いやそれは解ってるんだ」

徳五郎はいそいで言った。

「ここにいたとき、何をやっていた人か知りたくてね」

「この先の木場で働いていたと聞いたけどね。でも、ここ二、三年というもの、あまり働きに出なかったようだしね。さあ、何をしてたのかしらね。時時人相の悪いのが出入りしたりして、わけ解んなかったね。うちの亭主なんか、六さんは博奕に凝《こ》ってんだと言ってたけど」

「……」

「ほんとのところ、あたしはよく知らないんですよね。男のやることだからね」

「それで、かみさんはいなかったんですな」

「いえ、いましたよ」

女はけろりとして言った。

「いた?」

眼を瞠《みは》って徳五郎は女を見た。軽い驚きがあった。六蔵は長いこと男やもめで、男手で寅太を育てて来たに違いないと思い込んでいたのである。寅太は、近頃は心を解いたように少しずつものを言うようになったが、母親のことを聞いても、当惑したように口を噤《つぐ》むだけである。寅太の母親は、子供が小さいとき死んだか、六蔵と別れるかしたものだろうと徳五郎は思ってきた。

そう思う徳五郎の心の中には、六蔵と寅太を初めて見た日の、あの光景が焼きついている。六蔵が、叩かれながら老人にしがみつき、寅太は蹴られながら足にしがみついている。そこには長い間父親と子供だけで生きてきたことを示す必死な息遣いのようなものがあったのだ。

「おかみさんいたんですかい」

「ええ、一年前まではね」

やっぱりそうか、と徳五郎は思った。しかし一年前なら近いことではないか。

「一年前に別れたんだな」

「そうだねえ、別れたっていうのかしらね」

女は眩《まぶ》しそうに眼を細めて、青く晴れた空を見上げると指で頭の地を掻《か》いた。

「なんか、いつの間にかいなくなった感じだったけどね。でもほんとのところは、あたしはよく知らないんですよね、ええ」

「一緒に暮していた頃は、六蔵の稼ぎで喰っていたわけだ」

「喰えるもんですか、あんた」

女は急に勢い込んで言った。

「おすえさんは、おすえというんですけどね、その人。ずーっと働いていましたよ。確か三十三間堂のそばの小料理屋とかに通いで、帰りはいつも夜だったね」

「それで別れてから、ここへ来たことはなかったんですかい」

「一度も来てないね」

女は断定的に言った。

「大方働いている先でいい人でも出来たに違いないって、あの頃噂《うわさ》したんですよ。あのひときれいで、あたしらのようじゃなかったからね。垢抜けしてましたよ」

「その小料理屋ってえところの名前はわからないだろうね」

「知りませんね。聞きもしなかったしね。それにしても親方」

女は今頃になって不審そうな眼になった。

「六さんが何かしたんですか。そういえば六さんも男の子もいつの間にか見えなくなっちまったねえ」

礼を言って徳五郎は裏店を出た。

町を抜けると、法善寺と松平駿河守《するがのかみ》下屋敷の高い塀にはさまれた道を北に歩いた。突き当って右に折れる。小名木川《おなぎがわ》の岸に出て、それから両国橋に出るつもりだった。

小名木川に沿って大川端に出ると、徳五郎は眼を細めて川の下手を見た。日は丁度川の真上にあって、そのため水面は眩しく光っている。川波が細かく揺れ、光は細かく砕けて徳五郎の眼を刺した。

――船はどれだろう――

徳五郎は掌《てのひら》をかざして川下を見た。

昨日政吉はそばに寄ってきて「船が来ている」と囁《ささや》いたのである。流人《るにん》船が来たのである。船は鉄炮洲《てつぽうず》の島会所で交易の品を積みおろしし、その後流人を乗せると、河岸を離れて三日の間鉄炮洲沖にとどまる。船が河岸を離れるのは明日だと政吉は囁いたのである。

流人船は五百石積みだから、見ればわかると政吉は言ったのだが、鉄炮洲と思われる河岸のあたりから、永代《えいたい》橋のきわまで船は幾艘《いくそう》か岸に繋《つな》がれていて、どれが流人船と見きわめ難い。船は眩しい光の中に、一様にぼんやりした影のように見える。船が鉄炮洲沖を出るとき、徳五郎は寅太を連れて見送るつもりだった。六蔵が住んでいたという元加賀町の裏店を訪ねたのは、念のために寅太の母親の消息を探りに行ったのである。しかし死んだのでないと解ったものの、行方が解らないことで、それは徒労だったようだ。

——野郎もとうとうみなし子になっちまうわけか——

島送りになる男も、そう考えているに違いないと思った。痩せた男が、老人の腕にしがみつき、子供が脚にしがみついていた光景がまた眼の裏に泛《うか》んだ。

突然夥《おびただ》しい鳥の啼き声が徳五郎を愕《おどろ》かした。いつの間にか上空に無数の鯵刺《あじさ》しが群れていて、やがて徳五郎の眼の前で、水中の小魚を啄《ついば》みはじめた。鯵刺しの白い躰は、石を投げおろすように真直ぐ水面に落下し、高い飛沫《しぶき》を上げた。次次と落下し、一瞬の間に小魚を咥《くわ》えて空に駆け上がる。水面が騒然とした感じになり、その中にきらりと腹をひるがえす魚の影が見えた。

空を覆う眩しい光の中で、黒っぽく不吉に舞い狂う鳥の姿が、徳五郎の気持を落ちつかなくした。

——六蔵に寅太のことは心配いらねえと言ってやりゃよかった——

もちろん流人に会うことは出来ない。だが政吉から手を廻してもらえば、それぐらいの言伝ては出来たかも知れない。だが金が要る。頼めば政吉が自分で金を使って手を廻すだろうと思い、言いそびれたのである。

物を質に置いても金を作って、親方に頼むんだった、といま徳五郎は後悔している。だがもう遅いようだった。船に乗せられる前に、流人たちは牢屋を出され、手鎖、腰縄のまま筵《むしろ》に坐って髪を調えてもらうという。いま頃六蔵は髪を結ってもらいながら、子供のことを考えているだろうかと思った。

――しゃあねえじゃねえか、おい――

徳五郎は六蔵にともなく、自分にともなく呟いた。鳥の声がいつの間にか遠のき、夥しい群れは大川橋の方に移っている。眼の前には、川面が弾《は》ねかえす白い光があるだけだった。

三日目の朝、徳五郎は寅太を連れて永代橋に行った。流人船が見えた、船は川の中程に浮んでいる。薄い霧が川波を隠していて、黒い船体は霧の中からそこに生えたように見えた。広い川幅のせいか、これから海を渡って行くほどの大きい船には見えない。

船が動き出したのは四半刻《しはんとき》ぐらいした頃である。いつの間にか動いていたという感じだった。

「おい寅太、船を見な、船を」

徳五郎はあわてて叫んだ。寅太は出がけにお吉からもらったするめの足を齧《かじ》っていたが、徳五郎に言われて船を見た。するめを嚙むのをやめなかった。

突然隣で低い泣き声がした。欄干に摑まって、さっきから船を見ている老婆がいて、徳五郎は朝の早い年寄りが、散歩にきて川を見ているのかと思っていたのである。だが泣き声で、そうではないことがわかった。恐らく流人船の中に、老婆の身寄りの者がいるのだろう。背中に大きな継ぎをあてた袷、素足に履いた草履《ぞうり》は、縁《ふち》が擦《す》り切れて貧しい身なりだった。老婆は眼を船に据えたまま、固く握りしめた右拳《こぶし》で小さく欄干を叩いている。眼に涙が膨れ上り、半ば開いた口から呻くような泣き声を洩らしているのだった。

「さ、行くか」

徳五郎は、するめを嚙むのをやめて老婆を見つめている寅太を促した。

川端を寅太と並んで歩きながら、徳五郎はふと、以前にやはりこうして寅太と並んで、沈んだ気分でいまの道を歩いたことがあるように感じた。が、そんなことはあり得なかった。若い頃、徳治を連れてどこかに行ったときのことだろうかと思った。

「いろいろなことがあったからな」

徳五郎は言った。

「これからも、いろいろとあらあな」

「うん」

寅太が答えた。

徳五郎は立ち止って寅太の頭を撫でると、振り返った。船は小さくなっていた。橋の上には、老婆の姿が、もとの位置にじっと身動きもしないでいる。

五

「徳さん、お客さんだぜ」

外にいた若い源助が、内を覗《のぞ》き込んで声をかけた。

徳五郎は鉋《かんな》を研いでいた手を休めた。

「お客だと？」

「用があってお前さんを呼んでいるんだが……」

源助は、立ち上った徳五郎に気遣うような表情を見せた。

「妙な連中だぜ」

「連中だと？」

「三人だ。堅気じゃねえな、ありゃ」

ちらと頭を掠《かす》めたものがある。徳五郎はむっつりした顔になって外に出た。

門口に男が三人立っている。源助が言ったように、堅気でないと、ひと目で解るような男たちだった。ひとりは綿入れの上に長半天《ばんてん》を着ている。月代《さかやき》を伸ばし、三人とも雪駄《せった》履きだった。悪い予感がした。こういう連中がいい報せを持ってくるわけはない。

「おめえが徳五郎て親爺かい」

「それがどうした？」

と徳五郎は喧嘩調子で言った。伸びた月代と、物を見るように人を見る冷たい目つきに胸がむかむかしていた。家を飛び出した頃の徳治がそうだったのである。他人のような眼で親を見やがった。

「これはご挨拶だ。なあおい」

長半天の男は後にいる二人を見て嬉しそうに笑った。この男が一番年かさで、三十を過ぎているようだった。ほかの二人はまだ若い。二十四、五に見える。

「面白え親爺だぜ、もうかっかしていやがる」

後にいた二人も低い声で笑った。

「何の用だ」

「徳の野郎から、何か便りはなかったかい」

「徳てえのは誰だね」

むしゃくしゃして徳五郎は言った。

「へっへっ」

長半天はまた嬉しそうに後の二人を見た。

「親爺が今度はおとぼけと来たぜ」

「お前ら、何の用か知らねえが」

徳五郎は大きな声を出した。

「俺は仕事中だ。用があるなら早く言ってもらおう。お前らのようなやくざ者と遊んでるひまなんざねえや」

「遊んじゃくれねえとよ、おい」

長半天はくつくつ笑った。面長で鼻筋通ったいい男ぶりだが、目つきが悪い。険しく下卑《げび》ている。笑いながら、男の眼だけは終始徳五郎を刺すように見つめている。

「徳治なんざ知らねえよ。三年前に家を飛び出しやがったきりだ。あの野郎」

根負けして徳五郎は言った。

「その後はお前らの方がよく知っているだろ。何も俺のとこに来ることはねえや」

「徳の野郎、ちょいとまずいことがあってね」

と長半天が言った。

「親分のところからずらかったまんまだ。近頃立ち寄ったとか、便りがあったとかいうことはねえんだな」

「ああ、ああ、便りもねえし、来もしねえ」

徳五郎は喚《わめ》いた。

「さあ帰ってくれ。徳治が何をしようと知ったことかい。こっちはもう親子の縁を切ったつもりだ」

「徳は親分の金をちょろまかして逃げたんだ」

長半天の男は粘っこい口調で言った。

「若造のくせして、いい女がいたというから笑わせるぜ、まったく。それはともかく十両という金だからな。徳が見つからなきゃ、親爺さんもかかわりねえじゃ済まねえことになるなあ」

「俺を嚇《おど》しに来たのかお前ら」

徳五郎は長半天の男に胸を突きつけて言った。大きな声だった。

「嚇されてへこむような俺じゃねえぞ。おい、倅《せがれ》をならず者に仕立てて、今度は親をどうするつもりだい。聞こうじゃねえか」

「まあ、ま、ま、ま」

と長半天は両の掌をひろげて額の前に掲げた。徳五郎の大声をきっかけに、それまで塊《かたま》って様子を窺《うかが》っていた大工たちが、手に鑿《のみ》を下げてゆっくり近寄ってくるのを見たのである。大工は人数で六人いる。

「そんな大きな声を出すなって。野中の一軒家じゃあるめえし」

長半天と後にいた二人は、じりじりと後にさがった。

「別に今日は親爺さんを嚇しにきたわけじゃねえさ。そういうわけだから、徳から便りはねえかと聞きに来ただけだ。また寄せてもらうぜ」

「冗談じゃねえや。二度とお前らの面なんぞ見たくねえよ。反吐《へど》が出ら」

「なに!」

長半天の男の眼に、一瞬険悪な光が走ったが、その表情はすぐ笑いに崩れた。

「へっへ。まったく口が悪い親爺だぜ」

家へ戻ったのは、いつもより遅かった。三人のならず者が来たおかげで、やりかけた仕事のけりをつけるのに手間どったのである。

「あんた」

戸を開けると、待ち構えていたようにお吉が飛び出してきた。

「今日は大変なことがあったんだよ」

「なんだよ」

気重く徳五郎は言った。金を盗んで女と逃げたという徳治のことが胸を塞《ふさ》いでいる。師走に入ったこの頃は、日が暮れるのが早い。家に帰る道は、途中で夜になる。月はまだのぼらず暗い道を、重い気分で帰って来た。

「来たんだよ、お前さん」

「来た？」

ぎょっとして徳五郎はお吉の顔を見た。

「徳治か？」

「違うよ。徳治が帰るわけないだろ。おすえという人だよ」

「おすえ？」

「お前さん言っただろ。寅太の母親だって」

「ふざけるんじゃねえや」

徳五郎は怒鳴った。

「何が母親だい、いま頃になって」

「そうだよ、何がおっ母《かあ》だい。ねえお前さん」

「ふざけちゃいけねえや」

徳五郎は呟いた。徳五郎の脳裏に、福富町北の馬場のそばでみた六蔵と寅太の姿、二カ月前に寅太と見送った流人船が、影絵のようにゆっくり浮び上って流れた。

「言ってやれ。いま頃母親面がちゃんちゃらおかしいって」

「言ったさ。あたしゃ言ってあげたよ」

お吉はいきまいた。

「それが癪にさわるじゃないか。何かこう品のいい着物を着て、取り澄ました口を利いてさ。どっかいいとこに後添えに決ったというんだよ。それで、寅太のことを聞いたから引き取りに来たと、こうだよあんた」

「寅太のことを誰に聞いたんだい」

「棟梁に聞いたんだって。柳橋の何とかという料理屋に働いていて、そこで棟梁とは顔を知ってたらしいよ。棟梁が何気なしにしていた話を聞いて、びっくりして飛んで来たって言ったよ」

「とにかく駄目だ。寅太はうちの子だ」

「あたしも言ってやったさ。あんたは一たん亭主も子供も捨てたんだろって。いまさら出てくる幕はないんだよって怒ったんだよ。そしたらまあ泣き出しちゃってね」

「駄目だ、駄目だ。それが女の手だぜ。まして後添えに行くのに、寅太を連れて行くなんて、とんでもねえ話だ。もう寄せつけるんじゃねえぜ」

徳五郎はふと気付いて言った。

「坊主は何してる？」

「おまんま喰べてるよ。腹へったというから、先に喰わしたんだよ」

徳五郎が茶の間をのぞくと、寅太は夢中になって飯を掻きこんでいるところだった。

「それで、坊主はどうだったい？」

「どうって？」

「おっ母とか何とか、その女に寄って行かなかったか」

「黙ってここからのぞいていただけさ。おっ母なんて言うもんかね」

お吉は荒荒しく言った。

六

半月近く経ったある夜、徳五郎は戸を叩く音に目覚めた。夢をみていて、夢の中で戸を叩く音がしていて、目覚めた後も、それが夢なのか本当に叩いている音なのか、けじめがつくまで間があった。

「おい」

徳五郎は手を伸ばしてお吉の鼻を拈《つま》んだ。お吉は四十過ぎた頃から臆面もなく鼾《いびき》をかくようになった。それもいまいましいほど高い音をたてる。

「なんだい、お前さん」

お吉はいままで大鼾をかいていた人物とは思えないほど、はっきり目覚めた声を出した。

「誰か来たらしいぜ。行ってみな」

戸を叩く音は、乱暴なほど高くなっている。お吉は首をのばしてその音を聞いたが、すぐに布団をかぶってしまった。

「あたしゃいやだよ。お前さん出ておくれよ。こんな夜中に、あたしゃ気味が悪いよ」

「ちょっ」

徳五郎は舌打ちして起き上がった。

土間に降りると、徳五郎は大きなくしゃみをし、襲ってきた寒さに胴震いをひとつした。

「どなたですかい」

「俺だ、開けてくれ」

と外の声が切迫した口調で言った。徳治の声だった。

「俺じゃわからねえよ。名前を言ってくんな」

「ふざけてるひまはねえんだよ、親爺」

徳治は哀願するように言った。

「追われている。いまやっと奴らをまいてきたところだ。かくまってくれよ」

「駄目だな。ここへ逃げ込んだところで、連中はすぐやってくるぜ。よそへ行きな」

「誰と話してんだい」

いつの間にか、蠟燭《ろうそく》をもったお吉が後にきていた。戸の外の声が圧《お》し殺した声で呼びかけた。

「おっ母、俺だ。中へ入れてくれ」

徳治は不意に激しく戸を叩いた。

「奴らがきた。入れてくれ。助けてくれよ」

「逃げろ。中へ入ったら摑まるじゃねえか、馬鹿野郎」

「駄目だ」

外の声がすすり泣いた。

「もう走れねえ。奴らもう、そこまで来ているんだ」

「意気地のねえ野郎だ。しっかりしねえかい」

「なに言ってんのさ。早く入れてやんなよ」

お吉が叫んだ。徳五郎を押しのけて、素足で土間に降りると、お吉は心張棒《しんばりぼう》をはずした。

黒い影が飛び込んできた。土間を駆け抜け、柱や唐紙にぶつかりながら、奥に走り込んで行った。手傷を負った大きな獣が、突然に飛び込んできたような感じだった。

土間に白い月の光が射し込んだ。

「おい、心張棒をかっときな」

促されて、お吉は蠟燭を吹き消し、戸を閉めようとした。

だが戸は半分ほど走って、そこで止るともう一度静かに開いて行った。開き切った戸口を塞ぐように、男が三人立っている。

「徳を貰《もら》って行くぜ、親爺さん」

と、真中にいる長半天が言った。背後から月に照らされていて、顔ははっきりしないが、仕事場にやってきたあの男たちに違いなかった。

「徳治なんか来てねえよ」

「おや、またおとぼけだ。面白い親爺だぜ、なあ」

長半天は左右を見てくつくつ笑ったが、あとの二人は笑わなかった。

「だがおとぼけは無理だ。中へ入るのを見ちまったんだ」

「いねえものはいねえ」

徳五郎は土間に降りて、お吉の手から心張棒をひったくると右手に握った。あんた、危ないことをするんじゃないよ、穏やかに話してさ、帰ってもらったらとお吉が囁いたが、徳五郎はうるせえ、茶の間に引っ込んでいろ、と言った。

「何も夜の夜中に乱暴しようというんじゃねえ」

と長半天の男が言った。

「とにかく徳の野郎を、親分の前にしょっ引いて行かなきゃ埒《らち》があかねえのさ。いつまでも鬼ごっこしているわけにはいかねえ。穏やかに渡してもらおうじゃねえか」

「渡したらどうするつもりだい？」

「そいつは解らねえ。親分が決めることだ」

「痛めつけるだけか。殺したらお上《かみ》の手が廻るぞ」

「お上なんぞこわくはねえ」

男はくつくつ笑った。

「金を返せねえと、まずいことになるだろうなあ。ま、話はこのぐらいでいいや。徳を貰うぜ」

男が踏み込んで来たのを、徳五郎は外に押し戻した。

「徳治は渡さねえ」

「そうかい、そうかい」

男は一歩しりぞいて徳五郎をじっと見た。

「そんなら話は早かったんだ。おい」

長半天が顎《あご》をしゃくると、左右から手が伸びて、徳五郎は二人の男に軽軽と戸の外に引き出されていた。

「何をしやがる」

徳五郎は喚いた。

「手前《てめえ》らのような悪党に、倅を渡せるかい」

だが男たちはもう口を開かなかった。口を開くかわりに、荒荒しく徳五郎を殴りつけた。一度男たちの手から脱け出して、徳五郎は心張棒を振り廻したが、棒は誰にも当らず、一回転して自分で倒れたところを、息が詰るほど背中を蹴られて地に這《は》った。顔も頭も、背も腰も殴られ、蹴られて、徳五郎は酒に酔ったように、全身が熱く膨らんでくるのを感じた。痛みはその底に沈んでいく。

「徳治を逃がせ」

いまのうちに逃がせと言おうとした時、頭の後ろを堅いもので殴られ、徳五郎は不意に何も解らなくなった。

徳治が呼んでいる、と思った。徳治はまだ子供で、遠いところから、声だけがしきりに徳五郎に呼びかけてくる。

「父《ちゃん》、しっかりしとくれよ」

野郎泣いていやがる、と思ったとき意識がはっきりした。声が寅太だということも解った。お吉の呻《うめ》くような泣き声もしている。

「父《ちゃん》、起きておくれよ」

「大丈夫だ。いま起きてやら」

しゃがみ込んで胸をゆすっている寅太の手を握って、徳五郎はそう言ったが、軀《からだ》を隈なく覆っている痛みに思わず呻いた。

「気がついたかい、お前さん」

お吉がにじり寄り、鼻がつまった声で言った。

「このまま死んじゃうんじゃないかと思って、あたしゃほんとに怖かったよ」

「おいら、父《ちゃん》が死んじゃうと思った」

と、寅太がお吉の口を真似て言った。

「なあに、殴られただけだ。少し横になってりゃ、すぐ起きられる」

「こんなに叩かれて」

お吉はまたすすり上げた。

「冷たい土の上に寝て、なんてことだろ」

「婆さんが、めそめそ泣くんじゃねえや」

徳五郎は言ったが、大きな声を出すと軀中にひびくので、ひどく優しい声になった。

「徳はどうした？」

「連れてかれたよ」

「暴れたか」

「暴れるもんかね。可哀そうに、おとなしく連れてかれたよ」

徳五郎は仰向けに寝たまま、空を見上げた。月は眼に入らないが、蒼黒い空に、ちりばめたように月の光が散乱している。

「意気地のねえ野郎だ」

徳五郎は呟いた。すると思いがけなく眼に涙が盛り上って、目尻を伝って流れた。

「痛むかい、お前さん」

「もともと一度諦めた人間だ。仕方がねえやな、なあお吉」

「でもあの子、これに懲《こ》りて家に帰るといいんだけど」

徳五郎は口を噤《つぐ》んだ。お吉は、徳治が何で追われているかが解っていない。

「さ、起してくれ。寅太も手を貸せ」

徳五郎は言った。お吉が後に廻って背を抱え、寅太は手を引っ張った。

「おう痛え、つう。そっとやってくれ」

躯を起しながら、徳五郎は痛みに歯を喰いしばったが、不意にあることに気がつき、こみ上げてくる笑いを感じた。痛みのために、笑いの抑えがきかず、半分立ち上がった中腰のままで、徳五郎は力なく笑った。

「何だい、気味が悪いね」

お吉は声を押えて叱った。

「あまり叩かれて頭がどうかしたのかい。いい加減にしないと、明日ご近所に叱られるよ。騒ぎに眼ぇ覚ました人だっているんだからね」

「お吉」

徳五郎は漸《ようや》く腰をのばして、足を踏み出しながら言った。

「父《ちゃん》て言ってたぜ、寅太がよ。はじめてだなあ。坊主もとうとう居ついてしまったぜ」


一日中凍えるような風が吹き荒れた。

低い雲が、飛ぶように空を掠め、それでも日暮れまで空はどうやら持ちこたえたが、仕事が終った帰り道に、ついに雨になった。半天をぬいで、道具箱をになった上からすっぽりかぶると、徳五郎は大川橋を渡って竹町まで走って帰った。どしゃ降りではないが、かなり濡《ぬ》れた。

「おう濡れた、濡れた」

土間に飛び込んで言ったが、答えがない。それだけでなく、家の中はまだ灯もともさず真暗だった。土間に足を踏みしめて徳五郎は怒鳴った。

「おい、亭主のお帰りだ。居ねえのか。婆さん」

「お帰り」

茶の間でお吉の声がし、燧石《ひうちいし》を叩く音がして、障子が明るくなった。

「いるんなら顔出しやがれ。暗闇の牛じゃあるめえし、何をのっそりしていやがる」

「そんなに大きな声を出さないでおくれ。あたしゃ頭が痛いんだから」

お吉が立ってきた。大儀そうな身ごなしをしている。

「頭が痛えのか。寅太はどうした？」

「行っちゃったよ」

「行った？」

徳五郎はあわてて土間から上ると、お吉を押しのけるようにして茶の間に入った。

火鉢のそばに卓袱台《ちゃぶだい》がぽつんと出ているだけで、子供の姿はない。

「坊主がどこへ行ったと言うんだ」

「おっ母《かあ》のところだよ」

「ひとりで行ったのか」

「ひとりで行けるわけがないだろ。また来たんだよ、あの人が」

おすえは、後添えに行くのを諦め、寅太と二人だけで暮すと言った。

「だから、この子をあたしに下さい、て畳に手を突いて泣くんだよ、あの人」

「ヘッ、それでころりとだまされて、お前も一緒に泣いたってわけか」

「そうじゃないよ。言ったさ。どこの馬の骨ともわかんないものを、たとえ半年でも親身で育てたのは、この家に授かった子だと思ったからだ。あいよて渡すわけにいかないよって」

「言ってやったか」

「言ってあげたよ。図図しい話だもの、考えてみりゃ。いくら泣かれようと喚かれようと、とにかく亭主と相談の上、立派にご返事しましょう、てあたしゃ言ったんだよ」

「それで坊主がいないのはどういうわけだい。おめえがはばかりに入っている間に連れて行ったか」

「そうじゃないんだよ。あたしゃそれが口惜しくて、いままで泣いてたんだよ」

「ふーん」

「おすえさんがね。寅太、おっかさんと行くかい、と言ったのさ。すると、あの子黙って立って行って、おすえさんの袂に摑まったじゃないか。あのひと容子《ようす》がいいだろ、声がきれいだろ。かないやしないよ」

「酒買って来い、お吉」

と徳五郎は言った。

その夜、徳五郎はへべれけに酔った。外で風雨の声がした。雨は風にあおられて、横なぐりに戸や裏の窓を叩く。その音を聞いていると、お吉と二人で海の底に住んでいるように淋しかった。

「みんな行っちまったなあ、お吉」

「わかったよ。さっきから同じことばかり言ってんだから。あたしゃ飯にするよ、腹が空《す》いたから。いつまでも酔っぱらいの相手をしていられないよ」

「飯？　お前よく飯を喰う気になれるなあ」

「お前さんだって酒呑《の》んでんじゃないか」

「行っちまいやがった。徳の野郎も、坊主も。俺は婆ぁと二人っきりだ」

「婆ぁで悪かったよ。ほんとにいい加減飯にして寝なさいよ、あんた」

「よう、お吉」

長火鉢の縁に縋《すが》るように指をかけて、ふらつく軀を支えると徳五郎は言った。

「一ぺん父《ちゃん》と呼んでみろ。寅太みてえによ」

「ばかばかしいよ。まあ、こんなに飲んじゃって。悪酔いしているよお前さん」

「何がばかばかしい。へちゃくれ言わずに、父《ちゃん》と呼んでくれ、な」

「あいよ」

とお吉は面倒くさそうに言った。

「こうかい。父《ちゃん》」

「おう」

と徳五郎は言った。徳五郎はじっと宙を見つめたが、その眼にみるみる涙が溢《あふ》れた。

「もう一度やってくれ」

上体をたて直すと、徳五郎は催促した。あほらしくてつき合いきれないよ、と言いながら、お吉は声を作った。

「父《ちゃん》よ」

「おう」

徳五郎はぽろぽろと涙をこぼした。

「ほんとにばかばかしいよ」

お吉は呟いたが、不意に自分も掌で顔を覆った。

闇の梯子

一

一日中江戸の町をざわめかせた風は、日が落ちると急に冷たくなった。

清次が菊川町の裏店《うらだな》に戻ると、露地の暗がりに人影が立っていて、近づくとおたみだった。

「どうした」

「待ってたのよ、あんたが帰るの」

おたみは白い顔を寄せてくると、ぼんやりしたような口調で言った。風は裏店の低い軒にも鋭い音をたてている。おたみの声に日頃の弾みがないのに清次は気づいたが、外に出ているのは、また甘えているのだととった。世帯を持ってから、一年余り経つが、子供が出来ないせいか、おたみはまだ新妻気分の抜けないところがある。いまでも時どき軒下まで出て、清次の帰りを待った。

「寒いのになにをくだらねえこと言ってる。さっさと中に入らねえかい」

「人が来ているのよ」

「ひと？」

眼の前で、不意に掌《てのひら》を叩かれたような顔になって、清次はおたみを振り返った。客が訪れるような家ではない。一年前、清次はそれまで働いていた彫六をやめて、ひとりで仕事をはじめた。だが今日のように、一日風に吹かれて版元を廻っても、貰える仕事は僅かである。誰かが仕事の注文を持ってきたとは考えられなかった。

そうかといって、おたみには訪ねてくるような身寄りはいないし、おたみの友達のお恵でもないことは素振りで解る。大体ここにおたみと世帯を構えたことは、お恵のほかには知る人がいない筈だった。彫六で一緒に仕事をした仲間にも話した記憶がなかった。

清次の顔色が曇った。それでもこの隠れ家のような家を訪ねあててくる人間がいるとすれば、心当りは二人しかいない。五年前に一度会ったきりで、再び姿を消した兄の弥之助か、彫六の親方六兵衛のどちらかが来たと思った。弥之助の消息を絶えず気遣い、懐かしく思いながら、清次は一方で、いつかそのやくざ者の兄が、この家を訪ねてくるのを懼《おそ》れていた。六兵衛は神田橋本町四丁目の彫師で、清次はそこの職人だったが、懇願するように引きとめられたのを無理にやめている。六兵衛には負い目があった。会いたくなかった。

彫六をやめたのは金のためである。彫六は手間賃が安い上に、ある時払いだった。独りのときはそれでもよかったが、おたみと世帯を持ってみると、二人が喰って行くためにはおたみを働きに出すしかなかったのである。それでもやめるまで、清次はかなり迷った。六兵衛自身は、もう細かい版を彫れなくなっていて、清次を頼りにしていたからである。職人はほかにも四、五人いたが、美人絵の頭彫りをこなすのは清次だけだった。自分がやめると、彫六は潰《つぶ》れるかも知れない、という危惧に清次は思い悩んだが、思い切ってやめた。

しかしひとりで仕事を始めてみると、板木師《はんぎ》という仕事は、思うように注文も金も入らないものであることが解ってきた。版元はなかなか仕事を呉れず、たまに注文を出しても、半端な仕事か、刻限まで切った急ぎの仕事などだった。彫六でしたように、大判の錦絵をたっぷり時間をかけて彫るなどということは、遠い夢のようであった。暮しはいっこう楽にならず、おたみはまだ通いの女中奉公を続けている。

六兵衛に悪いことをしたと悔んだのは、仕事のそういう難しさに気づいてからである。彫っていれば日が過ぎ、曲りなりにも決まった手間が入った時分には、心に傲《おご》りがあったと思うようになってから、清次は六兵衛に負い目を感じ続けている。

だが、おたみは別の人間の名前を言った。

「酉蔵《とりぞう》さんという人よ。あなたの仲間だと言ってた」

「おう、酉蔵さんか」

清次はほっとして言った。手を拍《う》って懐かしがるほどの相手ではないが、思い出せないほど記憶に遠い男でもない。昔、神田八軒町の小泉という彫師の店で一緒で、その後彫六でも一緒に仕事をした。しかし酉蔵が三年前にそこをやめてからは会っていなかった。

「知り合いなのね」

おたみは安心したように言ったが、小声でつけ加えた。

「でも、気味が悪いような人だ」

清次は苦笑した。酉蔵の女好きは昔のままで、新妻らしく躰《からだ》の線が瑞瑞《みずみず》しいおたみを、例の嘗《な》めるような眼で眺めたのだろう。だが酉蔵の女好きは実際は底が浅く、女よりも博奕《ばくち》に眼がないのである。酉蔵が、もう何年というもの女房も抱いていないことを、彫六にいた連中は皆知っている。

「むかし八軒町で一緒だった人だ。別に変った男じゃない」

おたみを促して家に入ると、卓袱台《ちゃぶだい》の前から西蔵が顔を挙げた。西蔵の前には、空になった茶碗がぽつんと載っているだけである。厚かましい視線を浴びたお返しに、おたみは西蔵をかなり粗略に扱ったようだった。

清次をみると、西蔵はほっとしたように言った。

「おう、留守の間に邪魔してたぜ」

「ここが、よく解ったな」

腰をおろすと、清次はさすがに懐かしそうに言った。西蔵はもともと瘦《や》せていた頰が、すっかりこけていたが、髪はきれいに撫《な》でつけ、棒縞《ぼうじま》の袷をきちっと襟を合わせて着て、相変らずおしゃれだった。もっとも袷は、古手屋《ふるてや》の軒に下っていたのを、おろして着たような、どこか身にそぐわない感じがあり、おしゃれな中に一点うさん臭い感じが漂うところも三年前と変りなかった。

黒い顔だった。濃い眉毛の下に、凹んだ眼が落ちつきなく光り、唇は濡れて紫いろに光っている。ある種の鳥のような、鋭い油断ならない感じを、西蔵は身にまとっている。

「こないだ、両国の人混みの中で兼七に会ってよ。野郎、口をあんぐり開けて、熊娘の絵看板に見とれていやがった。その時おめえの居所がこのへんらしいと聞いたのよ。少し探したがな。爺さんのところをやめて、一人でやってるんだってな」

「兼七が言ったんですかい。一人でやってるって言っても、先行きはわからないことでね。また彫六に戻るかも知れねえし」

「気が弱えことを言うじゃねえか。折角始めたんだ。ばりばりやんな」

「ま、そのつもりだが」

「仕事の注文はあるのかい」

「ぼちぼちだな。ま、何とか喰ってはいますがね」

「おめえは注文取りという柄じゃねえからの。昔からそうだった」

酉蔵は威張った口をきいた。

「今夜はゆっくりして行ってくれ」

清次は台所に立った。すると竈《かまど》の前から立ち上ってきたおたみが囁《ささや》いた。

「あの人のご飯どうしようかしら」

「飯はいい。それよりおめえ、ひとっ走り酒買ってきてくれ」

「そんなお金あるかしら」

「なに、五合もあればいい。そんなには飲まねえ」

おたみは疑わしげにさらに声をひそめた。

「そういうお仲間なの？」

「早く行ってきてくれ」

「そう。仕方ないわね」

おたみは溜息をついた。が、すぐに気を取直したように前掛けをはずし、財布を帯にはさむと外に出て行った。

おたみが帰ってきて手早く酒を燗《かん》し、あり合せの漬物と焼いた干物をおかずに出すと、酉蔵はすっかりくつろいで饒舌《じょうぜつ》になった。

「爺さんは相変らず金払いがよくねえんだろう。おめえのように小刀の切れるのに逃げられるんじゃ、あそこもおしめえだな」

「いや、結構続いているようですぜ」

と清次は言った。彫六をやめる時、清次はそれが気がかりだったのだが、彫六の看板に対する版元の信用は堅かった。その信用がどういうものであるかを、清次はここ半年ほどの間に身にしみて感じている。

「おめえがこないだまでいたところだから、悪口は言いたくねえが、あそこは長くいるところじゃなかったぜ。なぜっておめえ、爺さんの腕は昔のようでねえのによ、黙って坐ってれば、昔どおりに注文が向うから舞い込むもんだと思っている。あれじゃ職人の手間を払うのも容易なこっちゃねえ。俺は早く見切りをつけたわけだが、おめえもいい潮時よ」

清次は苦笑した。西蔵は彫六を自分からやめたわけでなく、金を遣い込んで逐《お》われたのである。

清次が酒を注ぐと、西蔵はすまねえな、と表情を崩し、台所で飯の支度をしているおたみに、

「すみませんな、おかみさん。もうじきにおいとましますから」

と、妙に丁寧な言葉をかけた。

「あら、ゆっくりして行って下さいな。せっかくいらしたのに」

前掛けで手を拭きながらおたみが顔を出し、閾《しきい》ぎわに膝をついて笑顔をつくった。

「いやほんとに。こんなにごちになるつもりじゃなかったんで、ええ」

西蔵は背を伸ばし、細い指で袷の襟をあわせた。

「名人気質《かたぎ》が邪魔してるのよ」

西蔵はまた、六兵衛の悪口にもどった。

「いまはそんな時代じゃねえぜ。決まった版元だけじゃなく、あっちこっち首を突っ込んで、ばりばり仕事をやるのよ。みんなそうしてら」

「俺なんか、そうしているつもりだが……」

清次は苦笑した。

「しかし、なかなか仕事はくれませんぜ」

今日の昼過ぎ、小石川伝通院前の青山堂《せいざん》で、人のいる前で罵《のの》られたことが思い出され、清次の胸は不意に屈辱で疼《うず》いた。

青山堂は彫六の古い取引先で、清次も仕事の打合せに何度か訪ねたことがあり、主人の雁金屋《かりがねや》清吉とは顔見知りだった。ところが、彫六をやめてから今日初めて顔を出した清次を、雁金屋は最初は見も知らぬ男のように扱い、後では面の皮をひん剝くような言い方で、彫六がみすみす困るのを見捨ててやめた、と詰《なじ》ったのである。二度と来てもらいたくないとまで言われた。勿論仕事をもらうどころではなかった。

「はじめは、誰だってそうさ」

西蔵は、清次の屈辱に気づくわけもなく言った。

「だがよ、喰うためには何でもやってみるこったぜ。おめえも一人立ちしたんなら、少少汚い手も使わねえと、この世界はきついからな。そう言っても、おめえは人間がまともだから、無理かも知れねえが……」

なあ、おかみさん、と西蔵は大きな声をはりあげた。台所で、おたみがびっくりしたように「はい」と言った。西蔵は酔ったようだった。眼が赤く、顔は首筋まで赤黒く染まっている。

「それで、いまは一人だけかい」

「子供をひとり雇いたいと思ってるが、まだ先の話だな」

「子供仕込むには日にちがかかるからな。なんだよ……」

西蔵は痩せた胸を張った。

「もし仕事が混んで困るようなときは、いつでも呼んでくんな。手伝うぜ」

清次は黙って微笑した。西蔵に仕事を助けてもらうつもりはなかった。それははっきりしている。

「ところで西蔵さんは、いまどこで仕事をしてなさるんで?」

「柳原《やなぎわら》の辺だ」

西蔵は曖昧《あいまい》に言った。

「昔とおんなじでね。あっちこっち渡り歩いて、金があればコレだ」

西蔵は威勢よく、ぱっと掌を返して壺をあげる真似をした。

「大体ひとところに尻が落ちつかねえのは、性分でね。いまさらどうにもならねえ」

西蔵は不意に赤い口を開いて笑った。

傷ましい思いで、清次は西蔵の赤黒く酔いを溜めた顔を見た。西蔵の顔に、行方の知れない兄の弥之助の顔が重なった。三十五、六という年恰好も似ていたし、まともに生きる道を踏みはずしたところも似ていた。

二

「や、すっかりごちそうになっちまった。久しぶりに会えてよ、嬉しかったぜ」

不意に立ち上ると、西蔵はよろめいた。

「あら、まだいいじゃありませんか」

おたみが顔を出したのに、西蔵はむき直って着物の襟をあわせた。

「いや、あまり遅くなると、嬶《かかあ》が心配しまさあ。俺んとこの嬶は、おかみさんのような美人でもねえのに、悋気《りんき》だけは人一倍でね」

清次は西蔵の女房に一度だけ会っている。骨張って鋭い顔立ちをした女だったが、穏やかな口ぶりが西蔵に似つかわしくなかった。ただ西蔵にもの言う声だけが、刺すように鋭かったのを記憶している。清次は酉蔵が酔っていないのを感じた。酉蔵は嘘を言っていた。夫婦の仲が冷え切っているのを清次は知っている。女房が嫉《や》くわけがなかった。

人手がなくて困るときは呼んでくれ、と言って酉蔵が出て行くと、おたみは、

「あまり柄のよくないお仲間ね」

と言った。

「板木師というのは、ああいうもんだ。あれで、昔は腕のいい職人だった」

清次は言ったが、言ったあとで何となく不機嫌になった。酉蔵の腕は、多分もう昔のようではないだろうと思ったことと、今夜酉蔵が来たのが、何のためだったのかと気になったのである。酉蔵が、言いたいことを言わずに帰ったような気がしきりにした。

「それにしても……」

卓袱台を拭き、遅くなった飯の支度をしながら、おたみはふと怪しむように言った。

「あんた、どうしてあんな丁寧な口を利いていたのかしら?」

「……」

「昔借りでもあったみたいにさ」

おたみはおたみなりに、酉蔵がまとっているうさん臭い感じに気付き、その酉蔵を、清次が丁寧に扱ったのが不満のようだった。

六年前、神田八軒町の小泉茂八の仕事場で引き合わされたとき、清次は十九で、まだ美人絵の胴も彫ったことがない半端な職人だったが、酉蔵はそこで頭彫りをまかされていた。腕っこきの職人だった。その後一緒に彫六に移り、やがて酉蔵はやめて、清次が彫六の仕事場の柱になった。

いま曲りなりにも、清次は一人立ちしているが、酉蔵の暮しは昔より悪くなっている気がした。そのことがわかると、清次は酉蔵に気を遣ったのである。それで釣合いがとれた。だが、それをおたみに言うのは面倒くさかった。

「昔ずいぶん世話になったからな」

さり気なく、清次は躱《かわ》した。

しばらくの間、二人は黙ってものを嚙んだ。戸を叩く音がし、不意に酉蔵の声がしたのは、まだ飯が半ばのときだった。

「帰ってきたわ」

おたみが顔色を変えて箸を置いた。ぎょっとして清次もおたみを見返した。たちのよくないものを背負いこんだ予感があった。

清次が戸を開けると、外から冷たい風が吹き込み、その中に闇を背にした酉蔵の姿が立っていた。

「すまねえ」

酉蔵は清次を見上げて言ったが、すぐに眼を逸《そ》らした。

「実はな」

酉蔵は言いにくそうに言葉を続けた。

「金を少少借りてえのだ。途中まで行って気がついたんだが、朝出がけに女房に頼まれているのをすっかり忘れていてよ。なに、親方に借りるつもりだったんだ。いま俺は妻恋《つまごい》下の宗岡《むねおか》で稼いでいるんだが、これからあそこまで引返すこともならねえ。都合つけてくれめえか」

そうか、これだったのだなと清次は思った。

「どのぐれえですかい？　うちも見るとおりの貧乏世帯で、人に貸すほどの金はねえのだが」

「七、八百文《もん》というところかな。頼むぜ、必ず返すからよ。なにしろ明日の米を買う金がねえのだ」

西蔵の顔が歪んだ。右の眼の下の皮膚が、痙攣《けいれん》を起したように、ひくひくと動いている。西蔵の背後に、また風が鋭い音を立てた。

清次は黙って部屋に戻ると、そこにまだ怯《おび》えた表情で立ち竦《すく》んでいるおたみに、

「一分《いちぶ》ぐれえ出してくれ」

と囁いた。

おたみが首を振った。

「そんなお金どこにあるの？」

「板《はん》を買うからと、とって置いた金があるだろう。それを出しな。明日文淵堂から少し金が入る。心配するな」

「あてになるの？　その話」

意地の悪い言い方を、おたみはした。

「それに、貸したら戻って来ないわ」

「余計なことを言うな」

かっとして清次はおたみを睨《にら》みつけた。

「どけ、俺が出す」

押しのけようとした清次の手を押えて、おたみは、ごめんなさい、いま出すからと

言った。

　酉蔵が出て行くと、二人は気落ちしたように卓袱台をはさんで向き合った。すぐには箸をとり上げる気にならなかった。

「ごめんなさい」

　思い直したように箸をとり上げながら、おたみはもう一度謝った。

「でも、あたしなんだか心配なの。いい人のようには思えないのよ、酉蔵さんというひと」

「そう悪い奴でもないさ」

「でも、また来るんじゃないかしら。あんなふうに気安くお金を貸したら」

　おたみの声は、また清次を非難する調子に変った。

　そうかも知れない、と清次は思った。だが、闇の中から歪んだ笑いを顔に貼りつけて酉蔵が戻ってきた時、清次は金を渡さずにいられなかったのだ。恐らく酉蔵は、それだけの金を借りるために、今夜やってきたのだ。それを家の中で言い出せなくて、一たん外に出て引返してきた酉蔵が哀れだった。

　そのとき、清次にひとつの光景が見えてきた。光も届かない裏店の木戸の外に、酉蔵が腕を組み背をまるめて立っている。木枯めいた寒い風に煽《あお》られながら、途中まで行って思い出したという言訳をつくるために、そうやって刻《とき》を稼いでいるのである。渡した金が、果して米代になるのかどうかは解らない。途中の賭場《とば》に、肩をすくめて入って行く酉蔵の背が、ちらと頭を掠《かす》めた。だが、それはそれで哀れだった。

「仕方ないわね。あんたのお友達だものね」

その夜、眠ったと思ったおたみが、不意に仕事場にいる清次に声をかけてきた。

おたみは川向うの永倉町にある、備州屋という古物屋で働いている。清次に仕事がある夜は、早く床に入る習慣だった。

「まだ考えているのか」

仕事の手を休めないで、清次は答えた。

「心配だったのよ。二人だけの暮しに、いやな影がさし込んだ気がして。でも、もう大丈夫」

「……」

「あんたはあんなふうにならないでよ」

「俺があんなになるわけがないよ」

「ちゃんと仕事場を持って、子供を三人ばかり育てて……」

小さく欠伸《あくび》する声がした。

「そんな日が来るかしらね、あんた」

「いまにそうなるさ」

「………」

「西蔵という人はな」

鑿《のみ》を動かす手を休めて、清次は壁に眼を投げた。

「行方が知れねえと話した兄貴に似てるんだな。顔が似てるというんじゃなくて、どう言ったらいいか、つまりまともに世渡り出来ないたちだということだ。兄貴もそうだった」

「………」

「一町三反歩《いっちょうさんたんぶ》の田畑と家屋敷を潰しても立直れなかった。悪くなってゆくばかりだった。梯子《はしご》を下りるように、だんだんにな」

気がついて、おいおたみと呼んだが、返事はなかった。おたみは寝つくのが早い。苦笑して清次は蠟燭《ろうそく》の芯を剪《き》り、また鑿をとり上げた。

三

清次は立ち止った。

文淵堂から男が出てきたのを見たが、清次が眼を奪われたのはその男ではない。広小路の人混みを強引に横切って、向かいの雷門際に近づいたその男を待っていて、男が並ぶとすぐに背を向けた、もう一人の長身の男を見たのである。

清次の胸は息苦しく動悸を昂《たか》ぶらせた。二人の男たちと清次との間には、十間ほどの距離がある。その間をいつもより混んでいる人の群れが距《へだ》てていたが、一瞬清次がとらえた横顔と、長身の背が、兄の弥之助に間違いないと思われたのである。

野州下都賀郡《やしゆうしもつが》寺尾村が清次の故郷である。清次が十三の時、二十四の弥之助は、庭の隅にある辛夷《こぶし》の樹を伐っていた。すでに田畑も家も人手に渡り、風よけに植えてある屋敷の囲《まわ》りの杉の樹にまで、買手がついていた。

弥之助は、最後に残った辛夷の巨樹に鋸《のこぎり》を入れていたのである。

五年越しの弥之助の放蕩《ほうとう》の間に、父の利兵衛は中風《ちゆうぶう》を患って死に、明け渡しの期日が迫っている家の中に、病身の母親と、気の弱い嫂《あによめ》と姪《めい》が二人、それに清次が住んでいた。

四月の、眼が醒めるような碧い空に、打ち揚げたように白い辛夷の花が散らばり、弥之助の鋸がつかえるたびに、樹は微かに身顫《みぶる》いし、葉がためていた朝露をふりこぼした。清次に見られていることに、弥之助は気づいていなかった。

肩のあたりにつぎがあたっている野良着の背をまるめ、弥之助はいっしんに鋸を動かしている。それは人眼を忍んで悪事をやり了《おお》せようと焦っている、犯罪者の背のように無気味だった。

不意に鋸から手を離して、弥之助は清次に向かい合っていた。多分その時、清次の眼には兄を非難する色があったのだろう。十三の清次にも、兄が最後の樹を伐り倒して、金に換えようとしていることが解っていたからである。弥之助は黙って弟を見つめると、「飯は喰ったか」と優しい声で言った。弥之助の眼は充血し、疎《まば》らに髭が伸びた顔は憔悴《しょうすい》して、病人のように見えた。清次がうなずくと、弥之助は鋸を樹の幹に喰い込ませたまま、黙って家の方に立去った。

庭の隅の辛夷を伐った年の秋、弥之助は寺尾村を出奔した。江戸で板木師になったという噂があった。江戸に行って来た村の者が、やくざめいた男達と連れ立って歩いている弥之助をみたという噂も流れた。二年後に、母親が親戚の家に落ちついたのを見届けてから清次も江戸に出た。

江戸に出るとすぐ、清次は神田横山町の彫竹という板木師の家に住み込んだ。そうしていれば、江戸に来て板木師になったという兄の消息が、いつか解るかも知れないと思ったのである。だが歳月が流れ、清次は次第に板木を彫る腕を身につけて行ったが、弥之助の噂を聞くことはなかった。

思いがけなく弥之助に会ったのは、清次がすでに弥之助が板木彫りとは無縁の、別の世界にいることを感じ始めた頃だった。

小泉から彫六に移ったすぐ後で、ある日清次は長五郎という仲間に呼ばれた。長五郎は五十ぐらいの年輩で、青白い顔をした無口な男だった。その日初めて、長五郎は清次に声をかけてきたのである。

清次が立って行くと、長五郎は黙って外に出た。そこに弥之助が立っていたのである。

「いま聞いて驚いたところだ」

弥之助は、長五郎が家の中に入るのを見送ると、低く響く声で言った。立竦《たちすく》んで、清次は兄を見つめた。弥之助の顔は七年前とあまり変らなかったが、日に焼け、小鬢《こびん》のあたりに白いものが混じり、眼に鋭い光がある。それが、弥之助が江戸で過ごした歳月の苛烈さを窺《うかが》わせ、清次は胸がつまった。

眼の光を消して、弥之助は言った。

「お前が江戸に出てきて、板木師になったことは聞いていた。だがここにいるとは思わなかったな」

「ひと月前に来たばかりだよ」

「その前はどこにいた？」

「小泉だ。八軒町の」

弥之助はうなずいたが、しげしげと清次を見た。

「お前、幾つになった」

「二十《はたち》だよ」

「そうか」

弥之助はちょっと俯《うつむ》いたが、顔を挙げると微笑した。

「苦労したか」

「うん、少しな」

「大丈夫か」

優しい声だった。清次はまた胸がつまって、弥之助を見つめたまま黙ってうなずいた。

「じゃ、また会おう」

と弥之助が言った。清次は驚いて言った。

「帰るのか」

「うむ。ちょっと急いでいる。またくる」

弥之助は背を向け、歩き出していた。その背に、清次は声をかけた。

「帰るつもりはないのか。姉さんたちが待ってるぜ」

弥之助は立ち止って振り返ったが、軽く手を挙げただけだった。人通りがあった。弥之助の長身の背は、しばらく人混みの中を遠ざかったが、やがて見えなくなった。

その時になって、清次は初めて兄の身なりが堅気のものでなかったことを思い出したのだった。それきり弥之助は現われなかった。長五郎に聞いてみたが、無口な五十男は「あの男のことは何も知らない」とそっけなく答え、なお訊《たず》ねると露骨にうるさそうな顔をし、そっぽを向いた。

その時の兄の背を、五年ぶりに清次は浅草広小路の雑踏の中で見たのである。

弥之助と思われる男とその連れが、雷門を潜《くぐ》るのをみて、清次は人波を縫ってその後を追った。仲見世を抜け、茶屋前を通りすぎたところで、清次は三間の距離まで二人の後に迫ったが、仁王門を潜って境内に入ると、二人の男は急に足を早めてずんずん遠ざかった。そこには六日から始まったお十夜の人混みが溢れていて、清次はともすれば二人を見失いそうになった。

二人の男の頭が観音裏に曲ったのを見て、清次も人をかき分けて後を追ったが、裏に廻ったところで立竦んだ。そこにある念仏堂の前は、割り込む余地もないほど、お十夜参りの群衆が溢れているばかりで、二人の姿はどこにも見当らなかった。

清次は茫然と人の群れを見つめた。がっくり気落ちしていたが、その中にどこかほっとした部分もあることも否めなかった。兄を探し求める気持とは別に、おたみとの平穏な暮しを誰にも乱されたくない気持がある。

文淵堂に戻ると、主人の浅倉屋久兵衛が店に出ていた。おたみは文淵堂で女中をしていて、清次と知り合い、世帯を持ったのである。清次を見て、久兵衛はうなずいたが、清次が出来上った板木の荷を解こうとするのに、弾まない声をかけて来た。

「あのな、それはそのまま豆寅のところに届けておくれ。向うで手を空けて待っているそうだから」

「へい」

豆寅は摺師《すりし》で、彫六にも始終顔を出していた。清次とも顔見知りで、その家も知っている。

「近頃少し仕上りが遅いようだな」

と久兵衛は言った。

「お前さんの腕をあたしは買っている。だからおたみのことも認めたし、六さんのところを出たと聞いても、何も言わずにあんたに注文を出している。だが期限に遅れるのは困るな」

「申訳ありません。今度は必ず間に合せますので」

「そうしてもらわないと、仕事をよそに廻すようになるよ。まだ職人は頼めないのか」

久兵衛は機嫌が悪かった。そのため、さっき弥之助と思われる男と一緒だった男のことを、久兵衛に訊《き》きたかったが、口に出しそびれて清次は文淵堂を出た。

久兵衛の機嫌を損ねてはならなかった。一人立ちしてから、固い注文を貰えるところは、いまのところ文淵堂しかない。文淵堂は、清次が彫りたい錦絵を扱っていないのが難だが、漢籍、寺社関係の書物、経本など細かな仕事を呉れる。不満は言えなかった。

豆寅の家は本所吉岡町にある。帰りに寄ればよかった。

大川橋を急ぎ足で渡り終ったとき、清次は名前を呼ばれた。橋袂《だもと》から立ち上って、掬《すく》い上げるような笑いを送ってきたのは、酉蔵だった。

「さっき、おめえのところに行ってみたのよ。今日はひまでな。そうしたら浅倉屋に行ったと聞いたから、待たしてもらうのも何だから、こっちに廻ってきた」

清次は西蔵から眼を逸らした。いま渡ってきた川向うには、江戸の町の扁平な屋並みがひろがっていた。その家家の輪郭をなぞって、西空を滑り落ちようとする残光が、鈍く光と影を染めわけているのが見えた。

あれからひと月も経っていないのに、西蔵はこれまで清次の家を訪ねてきている。おたみが懸念したとおりになった。そこまできたついでだと言い、仕事の帰りに寄ったと言い、言い訳はそのつど違ったが、帰りがけに必ず三百文、五百文と金を無心した。もう返すとは言わなかった。

西蔵が帰ったあとで、清次とおたみは諍《いさか》い、後味の悪い夜を過ごすことを繰返している。重苦しく塞《ふさ》いでくる気分を押えて、清次は漸く言った。

「これから寄るところがあるんだが、とりあえずそのあたりで一杯やりますか」

西蔵は一瞬警戒するように清次を見つめたが、やがて笑いで顔を崩した。歩き出した清次に、一歩遅れてついて来ながら、西蔵は弁解がましく言った。

「なに、格別の用というわけじゃなかったんだが、仕事を休んで家にいたら餓鬼がうるさくてね。ついおめえの家の方に、足が向いちまったのよ」

西蔵の声には、買う気になった客をのがすまいとする商人《あきんど》のような響きがある。知り合った頃の西蔵は、こういう男ではなかったと清次は思った。するとやはり西蔵の変り様を哀れに思う心が動いた。だが、いつかは西蔵との繋《つな》がりを切らなければならない。それははっきりしていた。

六年前に、小泉の仕事場で初めて西蔵に会ったとき、清次は鳥のように鋭い風貌に驚いたが、その顔の中から受けとったのは、腕のいい職人という感じだけだった。

間もなく西蔵が、博奕と酒が好きで、彫り台に屈みながらいかがわしい女の話もする男だと解ってきたが、そのために西蔵を蔑《さげす》んだりはしなかった。飲み、打つ、買う板木師を大勢見てきたし、西蔵は、小泉の仕事場で誰よりも小刀が切れたからである。だが清次が西蔵の自堕落な暮し様に寛大だったのは、その腕のためだけでもなかった。

博奕と女に溺れて家を潰した弥之助を、周囲の人間は、憎み汚い言葉で罵り続けたが、清次には家がどうなるだろうかという不安はあっても、弥之助を、していることのために憎んだ記憶はない。弥之助が清次に残したものといえば、そういう男の傷《いた》ましさのようなものだったのである。弥之助は決して楽しそうでなく、暗い考え込む顔をし、無口で、いつも疲れているように見えた。

西蔵に、清次は兄の弥之助から嗅《か》いだ、同じ匂いを嗅いでいた。暗く湿った匂いである。それが間違っていなかったことを示すようなことが、ある日起こった。

その日の夕刻、外から戻った酉蔵は、落ちつきなく仕事場をうろうろし、やがて清次の彫り台の脇に蹲《うずくま》ると、あとでつき合え、話がある、と言った。そう囁いて漸く自分の彫り台に戻った酉蔵の眼は、鋭く耀《かがや》いて、顔は熱をもったように赤らんで見えた。

その頃まだ小泉に住み込みでいた清次を、夜になってから外に誘い出すと、酉蔵は花房《はなぶさ》町の小さな屋台店に連れて行った。清次が酒は飲めないというと、酉蔵は、

「じゃ、おでんを喰え。どうせ小泉の喰い物がいいわけはねえ。喰い溜めしておきな」

と言った。

酉蔵はそう言ったあと、考えに沈むように、黙って手酌で酒をあおったが、不意に、

「今日は懐があったけえのだ。じゃんじゃん喰え」

と言い、清次に躰を向けると懐に触ってみろと言った。着物の上から、清次が酉蔵の腹のあたりを探ると、そこには膨《ふく》らんでひどく硬いものの感触があった。

怪訝《けげん》そうな清次の表情に、酉蔵は鼻をうごめかすような言い方で答えた。

「小判だぜ」

「あたいにも触らしてよ」

おでんを煮ていた女が聞き咎《とが》めて、屋台を廻ってきた。西蔵は足をひろげ、腹を突き出して女にも触らせた。女は丹念に探ってから、首をかしげて「ほんとに小判？」と言った。頰が赤く、小肥りで背が低い女だった。

「お前のも触らせろ」

西蔵が着物の上から女の胸を抓《つま》むと、女はきゃっと叫んで屋台の後に逃げた。

「なんぼあると思う、清次。え？　八両だぜ」

西蔵は酒を注ぎ、ぐいとあおった。

「博奕で儲けたんですか」

「馬鹿言っちゃいけねえ。賽子《さいころ》でこんなに儲かるもんか、おめえ。今日はな、ひと仕事してきたのだ。うん、八両捲きあげてきたのよ」

「……………」

「うまくいった」

西蔵は満足そうに言った。

版元が、彫りかけている黄表紙の注文を取消してきた。開版《かいはん》願いと一緒に地本屋行《じほんやぎょう》事《じ》に出していた種本が押えられ、類板《るいはん》の疑いで仲間内に廻されることになったからである。地本屋行事というのは、黄表紙、絵入り名所記、往来物、狂歌本などを出版する絵本雙紙問屋の株仲間が、自主的な出版取締りを行なうために、仲間うちから選んで立てている、いわば出版物のお目付け役である。種本は開版願いに添えて、行事から月番名主に廻り、最後に町年寄に差出されて、そこで開版の免許をもらう。免許がおりないうちに彫りに廻すことはご法度《はっと》である。

だが出版をいそいでいた版元は、当然免許がおりるつもりで、種本から作った版下を小泉に廻してきていた。

注文を取消してきた版元は、彫った分は潰してくれと言ってきている。かなり慌てていた。小泉は黙って泣くつもりだったのだが、そのことを嗅ぎつけると、酉蔵は半分近く彫り進んでいた板木を風呂敷に包んで、版元に持ち込んだ。そしてご法度に背いた弱みをつつき、高い値段で板木を引き取らせたのである。つまり強請《ゆすり》だった。

版元を締めあげて行ったやりとりを話す酉蔵の眼は、活き活きと光った。

「それじゃ、親方があとで困りませんか」

驚いて清次は言った。

「そりゃ困るだろうな」

平気な顔で西蔵は言った。

「俺はな、あそこに長くいるつもりはねえのよ。小泉は人使いが荒くていけねえ。今日のことがばれれば、明日にでもおさらばするつもりだ。なあに、稼ぐところは幾らもある」

西蔵は袖をまくりあげて、細い腕を叩いた。

「そうなれば、今夜は別れの酒というわけだ。おめえまだ飲めねえのか。残念だな。それとも何するかい。おめえも一緒に行くか。小泉はそろそろ見切りどきだろうぜ」

西蔵は陽気な声を張りあげた。

「姐《ねえ》ちゃん、今夜は俺につき合わねえか。おでんなんぞ煮てねえでよ、どっか賑やかな場所に行こうじゃねえか」

いまの西蔵に、あの頃の陽気さはない。どことなく薄汚れ、惨めだった。それを隠そうとして、西蔵は虚勢を張ったもの言いをしたが、その隙間から時おり眼を背けるような、卑屈な表情がのぞくのである。

「へえ、こんなところも知ってるのかい」

清次が、表町《おもてちょう》の「蝶や」という、小綺麗な飲み屋の暖簾《のれん》を潜ると、西蔵は意外そうに呟《つぶや》いた。「蝶や」は酒も出し、飯も喰わせる。

「いらっしゃい」

板場から、お恵が出てきて声をかけた。先客は二人だけで、お恵はまだ襷《たすき》もしていなかった。二人が坐った飯台《はんだい》を拭きながら、お恵は清次に、低い声で、

「しばらくね」

と言った。愛想がなく、酉蔵には眼もくれなかった。お恵は肥り気味の躰をし、いつも浮いたところのない静かな声音《こわね》で喋《しゃべ》る。唇が厚く丸顔で美人とは言えないが、眼もとに色気があり、目立つほど膚《はだ》が白い。

おたみが文淵堂にいたとき、お恵はそこで女中頭だった。おたみが清次と世帯を持ってやめる少し前に、お恵も文淵堂をやめ、子供がいない伯父夫婦がやっている「蝶や」を手伝っているのである。

お恵は清次よりひとつ年上で、文淵堂に奉公する前に、一度嫁入ったことがあるらしいと、おたみに聞いている。それがなぜ文淵堂にいるとき独り身だったのかは、お恵に可愛がられたというおたみも知らなかった。それを聞いたとき、清次は、お恵は嫁入った先の男に死なれたのではないかと思った。おたみと知り合う前から、清次はお恵を知っていたが、清次にそう思わせる翳《かげ》りがお恵にはある。お恵は無口で、めっ

たに笑うことがない。

「このところ忙しかったからね」

と清次は言った。

「仕事はうまくいっているの？」

「ああ、広小路のほかにも少し注文が入るし、何とかなりそうだ」

「それじゃおたみもほっとしたでしょ。よかったわ」

お恵はいまもおたみを呼び捨てにする。お恵が板場に引込むと、それまで黙って二人のやりとりを聞いていた酉蔵が、

「だいぶ、馴染《なじ》みらしいな」

と言った。

「いや、そういうわけじゃなくて、昔から知っている人だ」

清次は苦笑した。

「いい女じゃねえか。年増だが、躰つきがたまらねえ」

酉蔵の眼は、板場の入口に釘づけになっている。そういう酉蔵を見るのは、気が重かった。

お恵が、湯気の立っている徳利と湯豆腐を運んでくると、酉蔵の眼は、露骨にお恵

の躰の輪郭をなぞって光った。お恵はその視線を無視して二人に酒を注ぐと、清次に胸を傾けて、ゆっくりしていらっしゃいなと言った。

「うめえ、はらわたに沁《し》みるぜ」

と西蔵が言ったあと、二人はしばらく黙って盃を口に運んだ。西蔵は喉《のど》を鳴らすような飲みかたをしたが、清次の手の動きもいつもより早かった。西蔵は必ず金のことを切り出すだろう。今日はそれを断わるつもりだった。友達甲斐がないと思われても仕方がない。笊《ざる》で水を掬うような、きりもない話なのだ。ここらがけりをつける時期だった。そのために少し酔っておく必要がある。

「あの女は、おめえに気があるんじゃねえのかい」

不意に西蔵が言った。淫《みだ》らな笑いが西蔵の顔に揺れている。まだお恵のことを言っているのだった。

「間違いねえぜ」

西蔵はしつこく言った。清次は黙って盃を取りあげた。西蔵の想像は見当が違っている。だが話を合わせるのが面倒だった。

清次と一緒になる話が進んだころ、おたみはお恵に一度相談したことがある。その時お恵は、結局あんた次第だが、と前置きして、あの人は人柄が堅過ぎて、あんたが苦労しないか、あたしならもう少し捌《さば》けた人の方がいい、と言った。一緒になって時が経ってから、おたみは秘密を打明けるように清次にそのことを告げたのだが、その時のおたみの口調に、反対もあったのにそれでも来たというような、可憐な気負いがあって、清次を苦笑させた。不思議なことに、お恵にそう言われたことに反感は湧かず、むしろお恵に対する気持が楽になるのを清次は感じたのだった。おたみと知り合う前の一時期、お恵が自分に好意を持っているのではないかと感じたことがあったからである。

また酉蔵がお恵の方に顎をしゃくった。

「独り身かい」

「らしいね」

「もったいねえ話だ。らしいねって、お前ほんとに知らねえのかい」

不意にやってきた憤りが清次を捉えた。実りのない時を過ごしていることに我慢が尽き、ダニのように喰いついてくだらないことを喋っている酉蔵にも、その相手をしている自分にも腹が立ってきたのである。

酉蔵の盃に酒を注いでやると、清次は言った。

「ところで、今日はどんな用ですか」

西蔵は顔を挙げ、驚いたように清次を見つめた。

「断わっておくが、お金ならもう勘弁してもらいたいのですよ。西蔵さんの面倒をみるほど金があるわけじゃないんでね」

「……」

「ほかに用があるなら聞きますよ。古い友達だから、それも出来ませんとは言わない。もっともそれにしても、わたしも遊んでるわけじゃないんで、近頃のようにしょっちゅう来られても困るんですがね」

ついに言ったと思った。かなり残酷なことを言っている気もしたが、そう言わせた西蔵が悪いと思った。酔いが清次の気持を昂ぶらせている。

西蔵は腕を組み、俯いて飯台に眼を落としていた。それは何かを思案しているようにも見えたが、ただ無気力に清次の言葉に躰をさらしているだけのようにも見えた。月代《さかやき》が汚らしく伸びかけている西蔵の頭を見ながら、清次は少し言い過ぎたかな、と思った。微かな後悔が胸に兆したとき、西蔵がひょいと顔を挙げた。その顔に泛《うか》んでいる薄笑いが、清次の胸を凍らせた。それはある種の男達しか持ち合わせないふてぶてしい笑いだったのである。その男達は、一度喰いつくと、こちらの言い分は一切無視して骨までしゃぶることに熱中するのだ。西蔵が、初めて家に現われたとき、そこに不吉な影が射したようにおたみが騒ぎ立てたのは間違っていなかったのだ、と清次は思った。

薄笑いのまま、酉蔵は言った。

「わかったよ。じゃ、これっきりということにしよう。一分だけ貸してくれ」

四

「頼むぜ。清次。ほんとにこれっきりだ」

と酉蔵は執拗《しつよう》に言った。清次を見つめる顔は、酔いで膨らんで、右眼の下の皮膚が、絶えずひくひくと動いている。

「とにかく今夜は勘弁してくれ」

清次はきっぱり言った。

「仕事ははかがいかないし、こっちが借金したいぐらいなんでね」

「じゃ二百文でいい。それならあるだろ」

と酉蔵は言った。

「二百文じゃ米は買えないでしょ？　それともおかみさんは漬物でも買って来いと言

ったんですかい」

西蔵は清次を見つめたまま口を噤んだが、やがて低い声で言った。

「嬶とは別れちまったよ。餓鬼二人連れておん出て行きやがった」

「……………」

清次の脳裏を、しっかりした物言いをする、きつい表情をした女の顔が一瞬横切った。

「米を買うわけじゃねえ。お察しのとおり、博奕だが、実は悪い奴に借りちまってね。今夜中に返さねえと指を詰められる」

「いくら借りたんです？」

「二分だ」

「二分で指を詰めるんですかい」

「だから悪い奴だと言ったろう。おめえは丁半のたてひきを知らねえからそう言うが、一分でも指を落とすときは落とすぜ」

「……………」

「な、無理なら百文でもいいのだ」

「百文で、どうするつもりです？」

「なに、一分や二分にふやすのは訳がねえ。とろい賭場を知っているのだ。まるでと、うしろが寄って賽子《さいころ》を転がしているようなところをな」

西蔵の表情は、不意に活き活きと耀《かがや》いた。

「そうだ、あそこならわけはねえ」

話が本当なら、西蔵は高く張った綱の上を渡るような日を送っているのだ。清次は茫然と西蔵の顔を見つめた。

ほんとにこれっきりですぜ、と念を押し、百文を渡して清次は西蔵と別れた。だが西蔵がそれで姿を見せなくなるとは信じられなかった。やがて、百文の金を渡したのが失敗だったと気がついた。やはり最後まで突っぱねればよかったのだ、と悔みながら清次は豆寅の家に急いだ。

家に帰ると、おたみは行燈《あんどん》のそばで清次の綿入れを繕っていた。卓袱台には白い布がかかっている。

「遅かったじゃないの、あんた」

「うむ」

「ああ臭い、臭い。酒飲んできたの？」

おたみは繕いものを片寄せると、大袈裟《おおげさ》に鼻を抓んで立ち上り、台所に入って行った。やがてそこから味噌汁の香が流れてきた。

「夕方酉蔵さんが来たのよ」

台所でおたみが言っている。

「あたしが帰ってきたら、戸口の前に立っていて、清次は留守かいだって。上りこまれると大変だから、戸を開けなかった。今日は浅倉屋さんに行った筈《はず》ですって言ったらそのまま帰ったけど、あんた、あの人気味が悪いよ、あたし」

「途中で会ったよ。一緒に酒飲んできたんだ」

「会った？」

おたみが台所から顔を出した。

「またお金？」

「うむ」

清次は仰向けに畳に寝ころんだ。

「ねえ、またお金とられた？」

「断わったのだが、百文とられた」

「だめね、あんたは気が弱いもの」

「初めは一分貸してくれと言ったのだ。百文はこれっきりだと言って渡したよ」

「あてになるもんですか」

「うるせえな。少し黙ってくれ」

清次は怒鳴った。おたみの言うとおりだった。殴り合いになろうとも、あの百文を渡すべきでなかったのだ。百文を握ったことで、酉蔵はまだ清次とのつながりを握っている。

めまといという虫がいる。夏の日暮れ、家に帰る途中、眼の前に一塊りになって群れ飛び、いくら手で払っても執拗についてきた。酉蔵というめまといに取りつかれた気がした。

「あの人、浅倉屋さんに訪ねて行ったの？」

向かい合って食べ始めると、おたみはまた言った。

「それが、途中で待っていた」

清次が言ったあと、二人は箸をとめて顔を見合った。おたみの顔に泛んだ重苦しい表情を見て、清次は優しい声になった。

「だが今日は言ってやったのだ。もうつき合い切れないって、はっきりとな。多分もう来ないよ。気にすることはねえ」

「……………」

「どうした？　ちゃんと飯を喰わねえかい。心配することはねえ。もう腹を決めたからな」

「ちょっと」

不意におたみは箸を置くと、立ち上って台所に行った。すぐに吐く音がした。

「どうした？」

答えはなく、そのまま静かになった。

「おい、どうした？」

「あんた、ちょっと来て」

弱弱しい声がした。清次がいままで聞いたことのない、か細く打ちひしがれたような声だった。立ち上ると、清次は行燈を提《さ》げて台所に行った。異様に胸が騒いだ。

「どうした？　具合が悪いのか」

言ったとき、清次は鼻を衝《つ》く血の匂いを嗅いだ。おたみは流し台の脇に蹲《うずくま》っている。

「たみ、どうした？」

「腹が痛むの」

顔を挙げて清次を見ると、おたみはなぜか子供のような口調で言った。清次は流し台の中を見た。夥《おびただ》しい黒いものがそこに流れている。その端に、いま食べたものが少し混じっている。清次は蹲ると、黒いものを指につけて嗅いでみた。生臭い血の匂いだった。

すっと頭から血が退いた感覚に堪えて、清次は静かな声で言った。

「吐いたのか」

おたみはこっくりうなずいた。

「いま布団敷くから、じっとしてろ」

清次は言うと、寝間に入って手探りで布団を敷いた。そうしている間にも、胸は破れるほど動悸を打った。流し台を染めていた黒い血が、悪い夢のように信じ難かった。

抱えるようにして布団のそばまで運び、帯を解こうとすると、おたみは「自分でする」と言った。布団をかけてやってから、行燈を枕もとに運んだ。

「ひどく痛むか」

「そうひどくもないけど、びっくりした」

おたみは血の気が失せた顔をしている。

「急に痛み出したのか」

おたみは顔を振った。

「いつからだ」

「四、五日前からよ」

「なぜ早く言わなかったんだ」

ぎょっとして、清次は思わず強い口調になった。

「だって、そのうちに治ると思ったもの」

おたみは甘えるように言った。清次は布団の中に手をさし込んで腹を探った。おたみの腹は、血の色を失って少し尖《とが》って見える顔を裏切って、豊かに熱かった。

「このあたりか」

「もう少し右みたいだ」

くすぐったい、とおたみはまた甘えた声を出した。滑らかな肌は、清次の掌の下で抵抗もなく幾カ所か凹んだが、結局どこが痛いのか、はっきりした場所はわからなかった。

「いくらか痛みがおさまった。あんた食べなさいな。さめちまうから」

とおたみは言い、布団の中で身を捩《よじ》って身じまいをなおした。微かな安堵が清次に還《かえ》ってきた。それはおたみの躰の熱さに触れたためのようだった。

清次は茶の間に戻ると、押入れを開いて売薬の袋を探した。硼酸《ほうさん》、皸《ひび》、あかぎれにきく軟膏《なんこう》、七宝丸、神芎円《しんきゅうえん》などの眼薬、頭病みの薬などが出てきた。だが腹痛みの薬はなかった。売薬の行商人が金鈴円、阿魏円《あぎえん》などという薬を置き、腹痛みに効くと言ったのを記憶している。慌《あわただ》しく清次は袋の底を探ったが、それは無かった。おたみが使ったとしか考えられなかった。

茫然と清次は押入れの前に蹲った。長い間、大事なものを見落としていた気が初めてした。そして、それは見落としてならなかったものなのだと思った。何かが見えてきていた。言えばそれは真黒な悪意のようなものだった。時おり不意に人人の家を襲い、人を悲しませ、打ちのめすそれが、いまこの家に近づいている気配を清次は聞いた。

その重圧に萎《な》えかける気持をたて直しながら、押入れの前から清次は静かな声をかけた。

「腹が痛み出したのは、ほんとはいつからだ？」

「……………」

「もっと前からだな」

答えがなかった。清次が寝間に戻ると、おたみは真直ぐ仰向けに寝て、眼を閉じていた。暗い行燈の光が、眼尻から滴《したた》った涙を光らせている。その涙は、清次の胸を締めつけた。

「いつ頃からだ？」

「ひと月も前から、ずーっとなのよ」

おたみが眼を開いて言った。

「どうして言わなかった？　ん？」

「ちっとも癒らないんだもの。怖くて言えなくなったのよ。あんたは忙しそうだし……」

「ま、あまり心配するな」

清次は言った。自分の内部にひそむ不安にも同時に言い聞かせるように、明るい口調になった。

「当分備州屋さんは休んで、早く治すことだ。隣のおまささんが、せんに腹を病んで医者に通ったっけな。富川町《とみかわちょう》の、神保様のお屋敷にある、何とかいう医者だ、確か。明日おまささんに連れて行ってもらうように頼んでみよう」

台所で塩を焙《あぶ》って布に包み、胴巻を抱かせるようにおたみの腹に当ててやると、清次は気がすすまない飯にかかった。飯は冷えてまずく、食欲は全くなかったが、押し込むように口に入れた。残っている急ぎの仕事がある。腹ごしらえをしなければならなかった。

　薄暗い光の中で味のない飯を噛みしめていると、清次の胸に突然酉蔵に対する怒りが膨らんできた。あの男が姿を現わした日から、この家の穏やかな暮しは、日日遠ざかって行ったと思ったのである。

「あったかくて、いい気持だ」

　開けたままの唐紙の奥から、おたみが声をかけてきた。元気のいい声だった。

「なんだか痛みがなくなったみたいだ。旦那さまの手当てが一番効くねえ」

「そんなもんかね」

「さっきは心細かった。じりじり腹は痛むし、あんたはなかなか帰らないし」

「悪かったな」

「ごめんなさい。あんた」

「何が」

「さっきはあんなこと言ってさ」

「酉蔵のことか。なに、あんな奴はもう相手にしねえ。心配するな」

　負けてなるか、と思った。酉蔵のことだけでなかった。この家を窺《うかが》っている黒い悪意のようなものに対して、そう思ったのである。綿でも含んだように、味気なく口にひろがる飯を無理に呑《の》み込みながら、そのためにも喰わなきゃならないのだと清次は思った。

　後始末をし、三畳の仕事場から彫り台を茶の間に運んで、清次はそこで仕事をはじめた。

　久しぶりに錦絵の注文があって、台の上には中判の花鳥画が載っている。丸鑿《まるのみ》でまわりだけとってある。清次は八分のそうあい鑿でまわりを削りにかかった。大槌《おおづち》で鑿の頭を叩く音が、侘《わび》しく家の中に響いた。

　清次の手はすばやく動いて板木の肌を削り取って行ったが、不意に鑿の先が滑って花弁の縁を傷つけ、欠いてしまった。板木を支えているせんぼんが緩んでいたのである。打ち込みで穴をあけ、入れ木を叩きながら、清次は今夜は仕事は無理だ、と思った。

　寝間に入って顔をのぞくと、おたみが眼を開いた。

「どうしたの？　仕事はやめたの？」

「うむ、やっぱり落ちつかない。明日医者に連れて行くまではな」

「それで間に合うの？」

「朝の約束だが、昼まで仕上げれば間に合うだろう」

「ごめんなさいね」

「謝ることはないよ。お前は心配してないで寝てればいい」

「そお？」

「どうだ、痛むか」

おたみは首を振った。

「塩が効いたみたいだ。痛くないの」

また微かな安堵が清次に還ってきた。

「どれ、少し撫でてやろうか」

手をさし入れると、焼塩をあてている場所が、火のように熱かった。

「あったけえ腹だ」

ふ、ふとおたみが笑った。その笑い声が、清次の安堵をまた少し拡げた。おたみが吐いた血は、依然として頭の奥にこびりついていたが、そうたちの悪いものでないかも知れないという気がしてきた。

おたみはもともと丈夫なたちで、寒い季節にも風邪ひとつひかないようなところがあった。世帯を持ってから、備州屋の通い女中で働き、それで家の中も切り廻して、これまで疲れたふうもなかったのである。

俺もそうだが、おたみも休むひまなく働いた、と清次は思った。医者にかけ、ゆっくり養生させれば、また前のような日日が還って来るだろうか。

「こんなに長い間腹が痛んでも、赤ん坊を生めるかしらね」

不意におたみが言った。

清次は掌の動きをとめた。掌の下には、滑らかに脂肪がのった皮膚の感触があり、若若しく息づく肉の手ごたえがあった。

「元気になれば、何人でも生める」

と清次は囁いた。おたみの白い腕が伸びて、ゆっくり清次の頸《くび》に絡んだ。

五

凍るような師走の風が、江戸の町を吹き荒れていた。

その風に追いまくられる枯葉のように、清次は薄い闇がおりている道をいそいだ。文淵堂から急な使いがきて呼びつけられたのである。風の道を行く人影は疎らだった。そのどれもが、風に耐えて躰を弓のように前に曲げている。大川橋を渡るとき、清次は仄暗《ほのぐら》い水面に寒寒と光る白い川波を見た。

「おたみの具合はどうだ？」

清次の顔を見ると、久兵衛はすぐに訊いた。おたみは、血を吐いたその夜から起き上れない躰になっている。だが清次をともなって居間に行くまでに、おたみへの関心は、久兵衛の中から脱落したようだった。

相変らず良くない、と清次が答えると、眼を瞠《みは》るようにして「そうか」と言っただけだった。

「頼みがあってな」

と久兵衛は坐るとすぐに言った。額に深い皺《しわ》を刻み、眼は落ちつかない光を走らせて清次を撫でた。

「暮れるのを待って、あるところに金をとどけてもらいたいのだ。飯はここで喰ってもらう」

と久兵衛は言った。

首をかしげるような頼みだった。場所は浅草から山谷《さんや》堀《ぼり》を渡ったところにある正法寺という寺。寺の南側の空地に椎の樹があって、そこで五ツ（午後八時）に孫蔵という男が待っている。その男に金包みを手渡してくるのが、清次の仕事だった。

「金は二十両だ。落とさないように気をつけてくれ」

「……」

「先方が、浅倉屋の使いかと訊く。そうだと言って金を渡せば、お前さんの役目は済む」

怪訝そうな清次の視線に、久兵衛は苛立ったように言葉をかぶせた。

久兵衛の話から、清次は暗い匂いを嗅いだ。孫蔵という男が、どういう素性の男かはわからなかったが、久兵衛の落ちつかない表情と秘密めいた手順から、それがまともな金の受け渡しでない感じが匂ってくる。清次は微かな危険を感じながら訊いた。

「ただ渡せばいいので？」

「そうだ。余計なことは喋る必要がない」

「どういう金ですか？」

清次は思い切って聞いた。

「どういう金だと？」

「二十両という金は大金ですが、よる夜中に黙って渡して来いと言われても……。相手の人も知りませんし」

「お前さんこわいのか」

久兵衛は咎めるような眼で清次を見つめたが、ふと表情を柔らげた。

「いやもっともだな。それではざっと話しておくか」

うなずくと、声をひそめて誰にも言うな、と久兵衛は念を押した。

「呉れてやる金だよ。有体《ありてい》にいえば、孫蔵という悪党にゆすられた。訳までは話したくないが、だいぶ前から何のかのと恫《おど》しをかけてきていてな。面倒だから金を出すことにした」

「なぜ訴えませんので？」

「こみ入った訳があってな、訴えることも出来ん。つまり妙なことに捲き込まれたのだが、それがなかなかうまく出来ていてな。打つ手がまるっきりないわけでもないが、それよりは二十両で片がつくなら、話が早いということだ」

「………」

「心配するな。連中は金が目当てだから、お前さんをどうかするようなことはない」

六ツ半（午後七時）過ぎまで待って、清次は文淵堂を出た。大川の川下にあたる方角に月がのぼっていて、掠めるように空を走る雲に、隠れたり、顔を出したりしたが、地上の風は弱まっていた。

雷門をくぐり、仲見世とそれに続く二十軒茶屋の間を抜けて仁王門に突きあたり、右に折れて馬道に出た。その間誰にも出合わなかった。雷門の内側には菓子屋が並び、その中に家伝の薬と数珠《じゅず》を売る越中屋、数珠誂所の和泉屋、小倉野じるこ、羊羹《ようかん》菓子が売りものの船橋屋などが混じっている。

仁王門と馬道通りの間も、茶屋、菓子屋、茶漬屋などが通り道の両側を埋め、長寿円の桑村半蔵、更科そばの清水庵など人に知られた店がある。仁王門前の二十軒茶屋の派手な呼び込みの声をはさんで、この一劃《いっかく》はもっとも賑やかな場所だが、店が閉ったいまは、短い軒の下に、そっけなく板戸が並ぶばかりで、昼のにぎわいとは裏腹に無気味なほど静かな、抜け道じみた通りがあるだけだった。

馬道通りに出、随身門前を通り過ぎたあたりで、清次は少し足の運びを緩めた。意識の底に、休みなく痛み続ける傷口のように、おたみを気づかう部分があって、時にはその気がかりだけが、心の中を一杯に占め、清次の動きをせわしなくするのである。

おたみが寝込んだ次の日、清次は富川町の医者におたみを連れて行った。清次がおたみを背負い、隣の定斎屋《じょさいや》の女房おまさがついてきてくれた。朝早くで、人に見られることもないのに、おたみは背負われているのをしきりに羞《は》じらった。だが、その朝おたみは、立っているのがやっとで、幾らの道のりでもない富川町までさえ、歩いて行くのが無理だったのである。信じられないほど急激な衰弱が、おたみを襲ってきていた。

昨日から何も喰っていないせいだ、と清次は思おうとした。だがそう思いながら、おたみを背負っている清次の気持は暗く、得体の知れない不安に苛《さいな》まれた。背にずっしりとかかる躰の重みだけが心を支えていた。

槌田嘯庵《しょうあん》という医者は、色の黒い五十半ばの小男で無口だったが、丁寧に診た。短い言葉でおたみに病状を確かめ、また腹を探り、口中を検《しら》べて長い刻《とき》をかけた。

診察が終ると、嘯庵は「薬をつくるから、昼頃おいで」と言った。

帰りはおたみを駕籠にのせた。おたみが駕籠に入って、おまさと話している間に、清次は玄関に戻り、嘯庵を呼び出して病状を聞いた。

「病気は何ですか。先生」

「どうもはっきりしないな」

と医者は言った。

「むつかしい病気でしょうか」

「もうちょっと様子をみないと、わからんな」

嘯庵は答えて、微かに当惑した表情になった。重い衝撃が清次の胸を叩き、足が萎えたように力を失うのを感じた。嘯庵は、しばらく黙ってしおれきった清次を眺めたが、やがてぽつりと言った。

「ま、後で薬を取りにおいで。腹が痛むのは多少楽になるだろうし、そうすれば飯も喰う気が出る。血を吐いたから病気が重いとも言えんし、ま、もう少し様子をみよう」

医者が言ったように、おたみは多少食欲が出た。食べものの味が解らない、と言いながらも、清次がつくった粥《かゆ》を食べ、時時痛みを忘れているふうでもあった。

そういうとき、おたみは寝ているのも倦《あ》きたと言って、板木を彫っている清次のそばにきて蹲り、黙って仕事を眺めたりしたが、すぐに疲れて床に戻った。

おたみは頬が痩せ、眼が大きくなった。丸顔だった以前とは別人のようだった。そういうおたみを見ていると、清次はおたみを摑まえて離さない、正体の知れないものへの苛立ちと、摑まえられたおたみへの不憫《ふびん》さに心を抉《えぐ》られ、板を削っている鑿を投げ捨て、大声で喚《わめ》き出したい衝動に駆られた。

今夜も、隣のおまさにときどき家の中をのぞいてくれるように頼んである。だが、闇の中に眼を開き、ひとりで寝ているだろうおたみを思うと、清次の足はいつの間にか追われるように早くなってくるのだった。

北馬道をはずれると、道の両側はまた寺地になり、修善院、誠心院などという寺の門が並ぶ。清次が、耳のそばで鳴るような五ツの鐘を聞いたのは、左側が田町の町家、右が二年前に谷中天王寺門前と名前が変った、もとの感応寺門前町の町並みを歩いているときだった。

山谷堀にかかる橋は、もう眼の前だった。橋を渡ったところが正法寺という、安房《あわ》小湊《こみなと》の誕生寺の末寺である。

橋の上に立つと、不意に左側に眺望が開けた。堀川に沿って右には広広と田圃《たんぼ》がひろがり、左側の土堤越しに、遠くきらめく吉原の廓《くるわ》の灯が望まれる。川面から風が吹き上げ、空を飛ぶちぎれ雲が、次次に田面《たのも》に影を落として、物の怪のように地表を走るのが見えた。

橋の上から、清次は正法寺脇の空地を見たが、そこには高い椎の樹が影を落として立っているだけで、人影らしいものは見えなかった。

六

だが、その男は清次が椎の樹の蔭に躰を入れると、すぐにやってきた。

声は背後からかかって、振り向いた時には男が立っていたのである。男がどこから来たのか清次には全くわからなかった。雲がまた切れて、男の顔がはっきり見えたとき、清次は声を出しそうになった。それはお十夜の時に、浅倉屋の前で見た男に違いなかった。清次は思わず男の背後にもうひとつの人影を探ったが、男は一人だった。中背だが、肩のあたりに盛り上った筋肉を感じさせる、がっしりした躰で、頬から顎にかけて、髭が濃く伸びている。刺すように見つめてくる細い眼の光に、清次は圧迫された。

その眼の光から、此処に来るまで忘れていた危険な匂いを、清次は嗅いだ。久兵衛はゆすられた、と言い、二十両の金を渡せばそれで話は終りだと言った。清次もそれだけのことだと納得してきたのである。だが、男はすぐには話を切り出そうとせずに、獲物を前にした野獣のような眼を、清次に注いでいるのだった。男が何を考えているのか、全く解らないのが無気味だった。異様な沈黙の中で、唾《つば》をのみこんだ清次の喉が、こくりと鳴ったとき、男が漸く口を開いた。

「おめえ、浅倉屋の使いかい」

「はい」

「金は持って来たな」

「ここに、持ってます」

清次はほっとして懐に手を入れた。だが男の険しい声が手の動きを遮った。

「待ちな。そのままにしてろい」

「……」

「おめえ一人のようだが、念のために聞く。岡っ引なんざくっついて来てねえだろうな」

「もちろんわたし一人ですよ」

男の異様な沈黙は、警戒のためだったのかと思った。

「浅倉屋の旦那は、この金はもう諦めてましたから」

「聞きもしねえのに余計な口を叩くんじゃねえ」

男は兇暴な口を利いた。

「まだ聞くことがある。おめえ堅気かい」

「板木彫りで」

「名前は？」

「……」

「名前はと聞いてるぜ」

「清次ですよ」

「よし、金を出しな」

清次は懐から金を出して男に渡した。すっと躰が軽くなり、これで済んだ、と思った。

「わたしはこれで」

「おっと待った。金を数えてからだ」

包みをひろげて、男が金を数えるのを、清次は苛立たしい思いで待った。いっときも早くこの無気味な男から離れたかったし、ほっとした心の隙間に、たちまちおたみが入りこみ、動悸が昂ぶるほど心配になってきたのである。無駄な刻を喰い過ぎている。

男と顔をあわせたとき、一瞬男の背後から、弥之助の長身が現われるかも知れないと思った疑いは、いまは消えている。野獣のような体臭を身にまとっているこの男と、兄の弥之助が組んでいる筈はなかった。

「浅倉屋が、何で大枚の金を吐き出したか、おめえ知ってるのかい」

金を懐に蔵《しま》った男が、冷たい口調で清次に言った。

「いいえ」

「何も知らねえ男だな。浅倉屋はご禁制の書物をこさえてな、ある男を使って、蔵前の旦那衆の集まりでばらまいたのだ。法外な金で売りつけたわけよ。書物には、旦那方が一冊残らず買わなきゃならねえようなことが刷ってあったのだ」

「……」

「もっとも浅倉屋は名前を騙《かた》られた、と言っていたよ。書物を売りつけた男にな。だがそんなことはどちらでもいいのだ。手に入れた書物に、ご丁寧に奥付がついていて、浅倉屋の名前が載っていただけで十分さ」

「……」

「しかし案外浅倉屋がやったというのはほんとで、おめえあたりも一枚嚙んだのと違うかい」

「とんでもない」

「おう、やっと思い出したぜ」

不意に男が唸《うな》るように言った。男は近近と躰を寄せて、嗅ぎまわるように清次の前を往復し、鋭い眼で睨みつけた。

「間違いねえ」

男は呟くと、低く囁くような声で言った。

「どうも見た顔だと思ったぜ。おめえいつか浅草寺で俺を跟《つ》けてきやがった奴だな」

皮膚を撫でて、一瞬冷たい風が吹き過ぎたような恐怖を清次は感じた。男があのとき自分の顔を見たとは思われなかった。見られた記憶がないために、恐怖は腹の底からきた。

「後なんぞ跟けません」

辛うじて清次は言った。

「嘘つきやがれ」

男が白い歯を出して笑った。声を出さない笑いに凄みがあった。

「おめえはあのとき、浅倉屋の前から観音裏まで俺を跟けてきた。何のためだい？え？」

清次は答えられなかった。兄の弥之助らしい男が一緒だった、などという話を、この男が信じるとは思われなかった。それに、一緒の男のことを口に出すのは、余計に危険な気もした。

「野郎、言わねえかい」

「………」

「てめえ、板木師だって？　おい、そいつは違うんじゃねえのかい？」

男の口調は容赦ないものになった。

「てめえ、誰かの手先だろう。え？」

男の手が激しく動いて、清次は頰を殴られていた。右も左も殴られ、頰を押えた手の甲の上に、固い拳《こぶし》が打ちおろされた。

「白状しねえかい」

男の叫んだ声が遠く聞えた。打ちおろす男の拳のひとつが左耳に当って、物音を奪っている。

椎の樹の根元に両膝をつき、両腕を曲げて頭を抱え、海老《えび》のように躰を曲げた清次の耳に、別の声が聞えた。

「よしな、孫」

「しかし兄貴、こいつはいいぬですぜ」

「おめえの見当違えだ。この男はただの板木師だ」

「………」

「金を出しな」

孫と呼ばれた、清次を殴りつけた男が、文淵堂が言った孫蔵なのだろう。その男が、不満そうに沈黙した気配を清次は躰を縮めて聞いていた。恐怖は去らなかった。

頭を抱えていた腕が不意に無造作に払われ、思わず上げた顔の前に、さっき孫蔵に渡した金包みが突き出された。清次は眼を瞠った。

弥之助の黒い長身が、視界を塞いでそびえていた。よろめいて清次は立ち上ったが、声が出なかった。打たれた頰の熱っぽい疼きをほとんど忘れて、清次は茫然と兄を見つめ続けた。弥之助の顔は五年前会ったときと変らなかったが、小鬢に光る白髪がふえ、額は皺を刻んで、弥之助は僅かに老けて見えた。

「驚いたな」

弥之助は低いがさびのある声で言った。苦笑したようだった。

「こんなところでまた会うとはな」

弥之助は清次の手を引きよせて、金包みを渡した。

「こいつは持って帰れ。ほかの男だったら頂くところだが、お前が使いじゃそうもいかねえだろう」

「兄貴、妙な真似をするじゃねえか」

弥之助の背後から、孫蔵が鋭い声で言った。

「孫に叩かれたようだな」

弥之助は、孫蔵にはかまわないで、優しく言った。

「俺が来るのがちっと遅れた。痛むか」

「いや」

清次は首を振って漸く答えたが、不意に眼に涙が溢れるのを感じた。何もかも昔と変ってしまったのに、兄の口調の優しさだけが変っていないのが、清次の心を刺したのである。弥之助に怒られた記憶はない。十以上も年が違う清次を、弥之助はいつも何かと庇《かば》い、優しかった。

「勝手なことはさせねえぜ、兄貴」

「うるせえぞ、孫」

「俺はその金が要るぜ」

清次は、はっとして眼を挙げた。孫蔵の声が陰気に沈んで、急迫した新しい空気が生れたのを感じたのである。するすると横に廻った孫蔵が、懐から匕首《あいくち》を出すと、すばやく鞘《さや》を捨て、腰を沈めてぴったり構えるのが見えた。

「約束の分け前は頂くぜ。邪魔したら、兄貴でも容赦はしねえ」

孫蔵は白い歯を剝いた。それから空いている片手で、清次に金を投げろと合図した。

「おとなしく、そいつをこっちに投げな」

向き直ると、弥之助は孫蔵をじっと見つめたが、やがて清次に、離れていろと言った。

弥之助はゆっくり孫蔵に近づいて行った。手は何も持っていない。じりじりと退《すさ》りながら、孫蔵が威嚇《いかく》するように、二度、三度と匕首を前に突き出すのが見えた。そのたびに匕首が白く月の光を弾き、清次の胸は轟いた。

正法寺の塀際まで追いつめられた孫蔵が、突然躰をまるめ弥之助にむかって突っ込むのが見え、清次は一瞬眼をつむった。眼を開くと二人の位置は入れ替っていて、弥之助が塀を背にし、孫蔵がその前にぴったりと腰に匕首を引きつけ、狂暴な野犬のように背をまるめた姿勢で、隙を窺っているところだった。

喚き声とともに、孫蔵が躰ごと弥之助にぶつかって行き、板の割れる音が夜気を破って響いた。匕首が塀を斬り割ったらしかった。孫蔵の突っこみを、弥之助は余裕をもって躱《かわ》したようだった。向き直った孫蔵がむしゃぶりつくのを組み止めると、次の瞬間鮮やかな腰車で地面に叩きつけていた。よろめいて孫蔵は立ち上ったが、投げられた時頭でも打ったらしく、二、三度ふらついた揚句どっと尻餅をつくと、頭を抱えて蹲ってしまった。

「清次元気でやれ」

弥之助が声をかけてきた。顔はこちらを向いていたが、弥之助がそこからもう一度近寄ってくる気のないことを清次は感じた。四、五間離れたそこは別の世界だった。弥之助はその中にいて、清次が踏み込むのを拒んでいた。俯いて清次は歩き出した。

山谷堀の橋を渡るとき、清次は空地を振り返った。空を飛び過ぎる雲が、相変らず地上を明るくしたり、一瞬暗くしたりしていたが、その中で弥之助が孫蔵を抱き起し、着物の埃《ほこり》をはたいてやり、やがて肩を貸して空地を出て行くのが見えた。

七

馬道通りに戻り、浅草寺の随身門前を通りすぎたところで、清次は立ち止った。弥之助が返した金を文淵堂にいま戻したものかどうかと迷ったのである。だが時刻が晩《おそ》かった。鐘の音は聞いていないが、五ツ半（午後九時）をとっくに過ぎて、そろそろ四ツ（午後十時）になる頃かと思われた。文淵堂はもう起きてはいまい。

奇妙なことに気付いたのは、突き当って勝蔵院の角を曲り、花川戸《はなかわど》の町並みにさしかかったときである。

懐の金を、文淵堂にどう言訳して返そうか、とふと思ったとき、清次は自分が置かれた奇妙な立場に気付いてぎょっとした。弥之助に会うまでは、清次は単純な金の運び役に過ぎなかったのである。だがいまは違う。清次は局外者の立場から、いきなり浅倉屋久兵衛と弥之助たちの取引きの真中に組み込まれてしまっていた。

顔を伏せて清次は考え続けたが、弥之助の一件を抜きにしたどんな説明も、文淵堂を納得させ、黙って金を受け取らせることにはなりそうもなかった。返って来た金に、久兵衛は必ず不審を抱くだろう。かと言って弥之助のことを持ち出すわけにはいかなかった。それを打明ければ、文淵堂は即座に清次との取引きを切るだろう。

花川戸を抜けて広小路の通りに出たところで清次はまた立ち止った。顔を顰《しか》めて広小路の方を眺めた。晩い時刻なのに、提灯《ちょうちん》をさげて歩いている人影が二、三人見える。

清次は眼を伏せた。一瞬暗い考えが頭を横切ったのを恥じたのである。金を、文淵堂に返さないことも出来る、とふと思い、続けてそうすればおたみの薬代が助かる。もっといい医者にかかることも出来る、と思ったのだった。兄はもちろん、孫蔵にしても、もう一度文淵堂をゆするとは思われなかった。黙っていればわからない金であるだけでなく、その方が面倒がない。強い誘惑が清次をとらえていた。

頭を振って、清次がその考えを振り切ろうとした時、後から声がした。

「浅倉屋には寄らねえのかい」

ぎょっとして振り向いた清次の前に、酉蔵の歪んだ笑い顔があった。一瞬清次は軽い恐怖を感じた。どこまでもまつわりついてくる酉蔵の執拗さは異常だった。昔から知っている酉蔵ではなく、見知らぬ男と向かい合っている気がはっきりとした。

「あんた俺を跟《つ》けていたのか」

「跟けるつもりはなかったんだが、例によって金が無くてどうにもならねえ。おめえの家に行ったらよ、隣のばあさんだというのが出てきて浅倉屋へ行ったと教えてくれた。なんだそうだな、かみさんが具合悪いそうだな。大事にしなくちゃいけねえぜ」

「………」

「浅倉屋を出てからの、おめえの行く方角が気になってね。清さんよ、全部見たぜ」

「それで、何か用ですか」

「用ですかはないだろう。そういう冷たい言い方でなくて、ひとつ相談に乗ろうじゃないか」

「あんたと相談することなんぞありませんよ」

「また、また。それが冷たいと言うのさ」

大川橋の上まで来ていた。酉蔵は立ち塞がるように前に廻ると、掬い上げる眼で清次をみた。

「じゃ、ずばり言うか。おめえの懐には、何両か知らねえが、浅倉屋が持たした金がある。ゆすったとかゆすられたとかいう話のようだったぜ。それをどういう訳か、あの強い男の方がお前さんに返したのを見ているんだ。おめえの知り合いかい、あの男は。ま、それはいいが問題はその金だ。別に浅倉屋に返す筋合いのものじゃねえと俺は思うがな。どうだい山分けにしようじゃねえか」

「やめてくれ」

「どうしてだい？　浅倉屋はもう呉れてやったつもりでいるぜ。黙っていても解りっこねえ金だぜ。かみさんが病気じゃ、おめえだって金がいるだろうに。こんなうめえ話はめったにあるもんじゃねえ」

「西蔵さん」

青ざめた顔で、清次はきっぱり言った。

「その話はなしにしてくれ。はっきり断わる」

「そうかい」

西蔵は一歩躰をひくと、じっと清次を見つめた。やがてゆっくりした口調で言った。

「その金が、どうしても欲しいと言ったら、どうするね」

恐怖が清次を鷲掴みにした。西蔵の姿に、山谷堀の脇で会った孫蔵という男の姿が重なり、いまにも西蔵が匕首を出しそうな気がした。だが西蔵にその金を渡すことは出来なかった。たとえ小判一枚でも渡せば、西蔵の生き方に加担したことになる。同じ世界に堕《お》ちる。

辛うじて恐怖に堪えて、清次は言った。

「とるつもりならとってもいい。あまり喧嘩《けんか》したことはないが、相手するぜ」

人通りの絶えた橋の上はがらんとして、白い月の光があるばかりだった。二人が睨み合っている間に、橋脚《きょうきゃく》に跳ねる水音が微かに続いた。

夜気が少し動いた。

「それでは行くぜ」

低く告げると、西蔵はいきなり襲いかかってきた。首筋に来た拳をのけぞって避けると、清次は西蔵に組みついた。西蔵は清次を抱き上げるようにして振り廻そうとしたが、清次が腰を落とすと、今度は素早く膝頭で腹を蹴上げてきた。清次は夢中でその膝をつかまえると、渾身《こんしん》の力をこめて振り放した。よろめいて離れると、西蔵は叫んだ。

「おい、やるじゃねえか」

その西蔵の姿に、清次は真直ぐ突き進んだ。いま、とことんまでやるしかないという気がした。めまといのようにつきまとう男と、これでおさらばするのだ。腹にある鈍い痛みが怒りを掻き立て、恐怖は消えている。

組みつくと殴られた。だがその腕を弾ね上げると、清次は西蔵の躰を欄干まで押して行った。ごつんという音がして、西蔵は「野郎」というと清次の肩を強く引いた。びりびりと肩口が破れる音がした。二人はまた組み合い、同体に倒れて橋の上を転がった。

不意に西蔵が躰の力を抜いた。

「やめた。勘弁してくれ」

清次が立ち上ると、西蔵はしばらく仰向けに寝ていたが、やがてゆっくり起き上った。いてて、と言って西蔵は顔を顰めながら、清次をじっと眺めていたが、不意に背を向けて捨て科白《ぜりふ》を言った。

「堅いのもいいが、こうまで堅いと馬鹿同然だな」

遠ざかって行く西蔵を見送りながら、清次は今夜初めてあの男に金を渡さずに済んだのだと思った。西蔵とのつながりが、いま漸く切れたことを感じた。

遥かな川下の方で、三味線の音が小さく聞こえているのに気づいた。躰中が火照《ほて》り、ずきずきと痛んだが、頭は冴えてはっきりと三味線の音をとらえていた。寒そうに遠ざかる丸めた背に、清次は声をかけた。

「これでおしまいだな、酉蔵さん」

酉蔵は振り向かなかった。見送って佇《たたず》んでいるうちに、清次はまた落ちつかない気分が還ってくるのを感じた。酉蔵は諦めただろうか。その不安は、懐に抱いている二十両の重みのためのようだった。

八

土間を出るとき、嘯庵は「ちょっと」と言った。

外に出ると、医者は清次を待っていて、小声で囁いた。

「いかんな」

「………」

「腹の中に痼《しこ》りがある。恐らく腫物《はれもの》だろうな」

清次は総身《そうみ》が冷えた。急速に口が渇くのがわかった。

「夕方に吐いたという黒っぽいものは、腹の中で壊死《えし》がはじまったと見なければならんな」

「壊死？」

「中で腫物が破れている」

清次は、救いをもとめるように嘯庵の顔を見つめ続けた。皮膚から一斉に血の気が退いたようだった衝撃は、再び熱い焦燥に変って、清次の躰の中を駆けめぐりはじめている。嘯庵が洩らすどんな言葉の切れ端も聞き遁《のが》してはならなかった。僅かな表情の変化にも、希望の緒《いとぐち》が隠されていないものでもない。それを見落としてはならなかった。

縋《すが》りつくような清次の視線を、嘯庵は無造作に突き離すように言った。

「気の毒だな」

絶望が黒い口を開けていた。突き離され、縋るものもなく空に漂う自分を清次は感じた。その感覚に抗《あらが》うように、清次は鋭く言った。

「何とかなりませんか、先生」

「どうにもならんな」

嘯庵は、清次の口調の激しさに驚いたように眼を挙げたが、すぐにあっさり言った。

「先生が知ってる方で、こういう病気にくわしい人は？」

「……………」

嘯庵は清次を見つめたままで、首を振った。その眼に、咎めるような光を清次はみた。普通はそこまではしないものだ、と嘯庵の眼は言っていた。これ以上手を尽しても無駄だと言っているようでもあった。だが、どうして清次にそれが認められよう。まだ若く元気なおたみが、間もなく死ぬなどということが。

首を垂れた清次に、嘯庵が言った。

「明日の朝、薬をとりにおいで。高い薬だが多少命を延ばすことは出来る」

医者が提灯の光と一緒に去って行くと、清次は露地の薄闇の中にとり残された。薄曇りの夜空のどこかに月の気配があって、空のところどころに散らばっている、僅かな雲の切れ目に、微かな月明りが滲《にじ》んでいる。二月の夜気の冷たさが不意に清次を包み、その中で清次は小刻みに顫え続けた。

隣の戸が開き、足音と一緒におまさの声がした。

「どうしたね。先生は帰ったかね」

「……………」

「それで、どうだった」

清次は首を振った。すると眼の裏が熱くなって、清次はきつく唇を噛みしめた。おまさが息をのむ気配がした。おまさは清次から眼を逸らすと、溜息をついて言った。

「だらしがないやぶだね、あの医者も。腹痛ひとつ治せないなんて」

「おばさん」

清次は言った。

「行ってくるところがある。ちょっとの間、おたみをみてやってくれませんか」

「あいよ」

おまさは気を取直したように言った。

「行っておいで。だけどね、あんまり思いつめない方がいいよ。あんたもずいぶん疲れているようだ。なるようにしかならないときってのも、世の中にはあるんだから」

おたみがいない人生というものは考えられなかった。それがどういうものか、想像もつかなかった。躰がひとりでに膨らんでくるような、たっぷりと希望が溢れていた時期があったのだ。一枚絵の注文もとって、江戸で押しも押されもしない板木師になる。弟子を養い、やがて彫清の看板をあげる。おたみはおかみさんと呼ばれ、小まめに弟子たちの面倒をみて慕われるだろう。子供は男と女が一人ずついる。

半年前まで、そんな希望が確かにあったことが、ひどく残酷に思われた。

荒涼とした、見たこともない風景が眼に見えてきた。頭上には一面に黒い雲がひろがり、遥かな地平線に血のような夕映えがあり、夕映えは頭上まで雲の腹を染めていた。地上には夜ともつかず、日暮れともつかないほのかな光が満ちているばかりで、枯れた草と黒い土がどこまでも続いている。まれに立つ樹は、一枚の葉もない黒い裸木で、その幹を地平から来る光が赤く染めている。どこまで歩いても、四方のひろがりには人影もなく、物音も聞こえなかった。

気がつくと、清次は「蝶や」の前にいた。

暖簾をわけて入ると、飯台に頬杖を突いていたお恵が立ち上ってきた。店の中は、隅の飯台で若い男が飯を喰っているだけで、板場にも人影は見えず、がらんとしていた。

近づいてから、お恵は眼を大きく見開いて立ち止った。

「どうしたの？」

「酒をもらおうか」

と清次は言った。

「大丈夫？」

とお恵は言った。清次がだいじょうぶだ、というとお恵はうなずいて酒を運んできた。だが酌はしないで、少し離れたところに、清次を見守るように坐った。

手酌で喉に酒を流し込むと、苛烈な苦みが口中を灼いた。苦みだけで、ほかは何の味もしなかった。清次は激しく酒に噎《む》せながら、また新しい酒を注いだ。

飯台の上に威勢よく銭を投げ出し、若い男があばよと言って出て行くと、お恵は立ち上り、若い男のそばにあった燭台の灯を吹き消した。それからゆっくり外に出ると、暖簾をはずし、赤提灯をしまい、戸を閉めた。

「あまり飲まない方がいいわ」

戻ってきて、清次に向かい合って坐ると、お恵はゆっくりした口調で言った。

「おたみが、よくないんだね」

「……」

「かわいそうに、あんたもひどく疲れているようだ」

「自分じゃそうも思わねえが」

「もうお酒はよしなさいよ。茶の間で熱いお茶でも飲むといいわ」

お恵は手を伸ばして徳利と盃を取り上げた。

清次を茶の間に上げると、お恵は行燈に灯を入れ、長火鉢の火を掻き起した。するとその上にかかっていた鉄瓶が静かに鳴り出した。

「伯父と伯母が、川崎のお大師様にお詣りに出かけて、あたしが留守番なの」

熱いお茶をすすめながら、お恵が言った。

「それでおたみはどんな具合なの？」

「今夜医者に来てもらったんだがね」

清次はこくりと喉を鳴らした。

「助からねえと言われた」

「まあ」

「もう、どうしたらいいか、わからねえ」

不意に悲しみが清次を満した。怺《こら》えていたものが、音立てて切れた気がした。

「ものが喰えなくなってね。それでいて痛むのだ。夜も昼もだ」

「……………」

「見ちゃいられねえ」

「あたしが見舞に行ったときは、まだ元気があったのに……」

「あれから、また痩せちまってね」

「……………」

「見ているだけだ。どうにもならねえ」

俯いた眼から、涙が滴った。涙を恥じる気持は不思議なほどなく、この場所しか泣くところはない気がした。おたみに涙は見せられないのだ。

柔らかな感触のものが、横から清次の肩を抱いた。いつの間にかそばに来ていたお恵が、手を廻して清次の肩を抱いたのだった。

「かわいそうに」

お恵は囁いた。ん？　と清次の顔を覗《のぞ》き込んだお恵の眼に、涙が盛り上っている。

「あんたも、おたみも若いのに」

お恵は襟をくつろげ、清次の掌を胸にみちびいた。不意に清次の掌は、熱く柔らかなものに触れた。火傷《やけど》したように引っ込みかけた清次の掌が、ためらいながら引返し、やがて熱い盛り上りを摑んだ。そこから荒荒しく呼びかけてくる声があった。声は、抗い難く奥深い場所にとどき、清次はそこに眠っていたものが、不意に眼を開くのを感じた。

胸を押しつけながら、お恵が譫言《うわごと》をいうように囁いた。

「こうしたら、いくらか気がやすまるでしょ」

四半刻（三十分）後、二人は仄暗い軒下に立っていた。長い沈黙のあとで、

「ごめんなさい」

とお恵が言った。

「どうしてこんなことになったのかしら？」

「……」

「こうするより仕方がない気がしたんだけど」

「わかっている」

「でもやっぱり悪いことをした」

「あんたは悪くないよ」

「あまり気に病まないでね」

お恵は気遣わしげに言った。女の方がしっかりしていた。

「それが心配だわ」

じゃ、と言って清次は背を向けた。その背を、お恵のひどく淋しげな声が追いかけた。

「もう、ここには来ないつもりね」

清次は答えないで足を早めた。

人でなしだお前は、と清次は呟いた。迷路のように入り組んだ、本所《ほんじょ》の暗い町筋が続き、清次の呟きを咎めるものは誰もいなかった。また、清次は鋭く顔を顰めた。お恵との過ちのために、おたみが死ぬような気がしたのである。

露地を入って家の前まできた時、隣の戸が開き、おまさが出てきた。清次を見て、長かったじゃないかと言った。

「おたみさん眠っているからね。いまちょっと台所を片付けに来たんだけど」

「済まなかったおばさん」

清次は謝った。

「友達のところで、金の都合して来たもんだから」

人でなしめ。清次は再び鋭く罵る声を内部に聞いた。おまさを犒《ねぎら》って帰すと、清次は罪人のようにうなだれて家に入った。罪の意識は、なお鋭く清次を切り刻んでいる。おたみと顔を合せるのが恐ろしかった。

部屋に入った清次は顔色を変えた。

おまさが、いま眠っていると言ったおたみが、茶の間の壁際に蹲っているのだった。薄い寝巻のままで、痛痛しく尖った肩が寝巻の上からも露わである。暗い行燈の明りが、襤褸《ぼろ》のようなその姿を照らしていた。

「どうしたんだ、おたみ」

おたみのそばにしゃがみながら、清次は激しい動悸を押さえかねた。

「気分が悪いか」

「ああ、あんた」

おたみはゆっくり顔を挙げ、舌ったるい口調で呟くと微笑した。その微笑は清次の胸を切り裂いた。おたみの顔は黄ばみ、頬は殺《そ》げて哀れに面変りしていたが、笑顔は子供のようにあどけなかった。

「眼が覚めて、呼んでも、あんたがいないから……」

おたみは息が切れるらしく、ひと言ずつ言葉を区切って訴えた。

「もう大丈夫だ。ずーっとそばにいるから」

清次は毀《こわ》れものを扱うように、おたみの躰をそろそろと抱き上げた。その躰はおどろくほど軽く、清次の掌があたるいたるところに、硬い骨の感触があった。

布団に横たえてから、清次は訊ねた。

「腹はどうだ？　まだ痛むか」

「あまり、痛くない」

おたみは、またあどけない微笑を泛《うか》べた。その微笑は、いままで清次の見たことがないものだった。

鋭い悲しみが、清次の胸を突き刺してきた。その微笑から、おたみがいま、清次の知らない世界に足を踏み込んだことを感じたのである。

清次は板木を削っていた。

あれから十日経っている。おたみは次第に痛みを訴えなくなり、夜も昼も深い眠りに襲われるようになった。いまもこんこんと眠っている。

重湯か、浅蜊《あさり》の澄まし汁ぐらいしか、おたみが口に出来るものはなくなっている。おたみは、幼児にするように清次が口に運ぶそれをおいしいと言った。だが、それは口から喉を通る間だけのことなのだ。いま口に入れたものを、おたみはすぐに吐き出した。

そのたびに清次の胸は砕けるように痛むが、すでにおたみには、吐くことが苦痛でなくなっているようだった。

西ノ久保天徳寺門前に、難病を治す医者がいると聞き込んできたのは、おまさの亭主善作である。何人もの医者に見離された病人が、その医者にかかって助かったそうだ。とおまさに聞いたとき、清次の胸は悲しいほど騒いだ。顔も、名前も知らないその医者に、清次は即座に希《のぞ》みを繋いだ。

金をつくらなければならなかった。殴り合いまでして酉蔵から守った二十両の金は、浅倉屋に返すひまもなく、おたみの薬代に消えた。それが浅倉屋に知れれば、手が後ろに廻る。それでも金は足りないのだ。いま清次が彫っている仕事は、彫六にいる長五郎に三日前もらってきたのである。小さな屋台の灯の下で、長五郎は版下を渡し、手間賃を口にした。それは清次がこれまで貰ったことのない高い手間賃だった。開版の免許をとっていない版下だということはすぐに解ったが、清次は黙ってそれを受け取った。彫六に長五郎を訪ねた時から、そのつもりだったからである。無口で青白い顔をした長五郎は、清次と一緒に仕事をしていた頃、重版で一度、禁制本を彫って一度咎められ、一度は牢《ろう》に入れられていた。そういう男だった。

ふと手を休めて立ち上ると、清次は膝の上の木屑を払い、足音をしのばせて寝間に行った。仰向いておたみは眠っていた。眼窩《がんか》は深く凹《くぼ》み、頬は痩せて、薄明りの中でも肌の乾きがわかる。荒れた唇に耳を持って行って、清次は呼吸を聴いた。短く跡切《とぎ》れるような呼吸が、耳殻《じかく》に触れるのを確かめて、清次はまた仕事場の三畳に戻った。

微かに屋根を打つ雨の音がしている。日暮れから降り出した雨は、夜通し降り続くらしかった。寒くはなく、雨は間もなく訪れる春を告げているようだった。

鑿をとり上げて、清次はふとその手を休め、薄暗い羽目板のあたりに茫然と視線を漂わせた。日の射さない闇に、地上から垂れ下る細く長い梯子があった。梯子の下は闇に包まれて何も見えない。その梯子を降りかけている自分の姿が見えた。兄の弥之助が降りて行き、西蔵が降りて行った梯子を。

疲れてかすんだ眼をこすり、清次は再び鑿をとり上げると、音をしのばせて危険な文字を彫り続けた。

入墨

一

北割下水《わりげすい》に沿って歩いてきたおりつは、陸尺屋敷《ろくしゃくやしき》の黒塀のそばで、不意に名前を呼ばれた。

「あら、牧蔵さん」

「いまあんたの店に行ったんだ。そしたら川向うに使いに行って、もう戻る頃だと言われたもんだから」

牧蔵は眩《まぶ》しそうな眼でおりつを見て言った。二人は三月《みつき》ほど会っていなかった。おりつは十七で、殻を離れたばかりの蝉に似て、一日ごとに顔が変るような時期である。三月の間に、おりつの頬はまた少し下膨《しもぶく》れになり、瞳がきらめくように黒く、唇は内に溢れる血のために、かえって粉を吹いたように白っぽく見える。おりつはいま、ここからほど近い横川町で、姉のお島と一緒に暮らしているが、その前は竪川《たてかわ》堀脇の徳右衛門町にいた。そこの裏店《うらだな》で牧蔵と遊んで育った。だが牧蔵が、十一の時裏店を出て、深川伊勢崎町の大工清右衛門の家に住み込んだあと、二人は牧蔵が年二回藪入《やぶい》りで帰るときぐらいしか、ゆっくり会うことがなくなった。

「今日は仕事は休みなの？」

とおりつは訊《き》いた。

牧蔵は紺の盲縞《めくらじま》の袷を着て、いつもの半纏《はんてん》、股引き姿ではない。袷は仕立ておろしのようで、紺が匂うようだった。そのため十九の牧蔵は大人びて見える。痩せているが、背が高かった。

「うん」

牧蔵ははにかむように笑った。

「今日から通いになった」

「あらっ」

おりつは掌を打った。

「もう伊勢崎町に泊らなくともいいの？」

「年期はまだ二年残ってるんだが、親方のところの都合もあって、通いでいいことになったんだ」

牧蔵は背を塀に凭《もた》せかけたままで、伸びをした。牧蔵の足もとに、小さい野菊の花が咲いている。

「よかった」

「おりつちゃん」

牧蔵は近寄ってくると、その顔に生真面目な表情を浮べて言った。

「今度どっかにお詣りにいかないか。洲崎《すさき》の弁天様でも、富岡の八幡様でもいい」

「ええ、いいわ」

「え？　いいのかい」

牧蔵は自分から言い出したくせに、驚いた顔になった。だがその顔はすぐに笑いに崩れた。白い歯を見せて笑いながら、牧蔵は言った。

「よかった。断わられるかと思ったんだ」

「断わるわけはないでしょ」

おりつも笑いながら言った。浅黒く引き緊った牧蔵の容貌が、姉の店にくる酒飲みの客たちにくらべて、清潔で好もしかった。

「あたしたち、友達だもの」

「そうよな。でもあの頃一緒に遊んだ連中は皆どこに行っちまったのかな」

と牧蔵は少し遠くを見つめるような眼をした。雲もなく晴れた秋空が江戸の町の上にひろがり、日射しは傾いていたが、まだ町は明かるかった。割下水の黒っぽい水が、空を映して真蒼《まつさお》に染まっている。

「皆どっかに行っちまうんで、それで時時おりつちゃんに会いたくなるのかな」

牧蔵はまた少しはにかむように笑った。

「店へ寄って行く？」

「いや」

牧蔵は首を振った。

「おりつちゃんに会えたから、もういい。家へ帰るよ」

「牧蔵さんはお酒は飲まないの？」

「うん」

牧蔵は生真面目な表情になった。

「まだ飲んだことがないんだ。一度親方にすすめられて飲んだけど、すぐに吐いた。あまりうまいもんじゃないな」

牧蔵と別れて、店にいそぎながら、おりつは心がいつもより弾んでいるのを感じた。心の奥底の方から、水泡のように浮き立ってくる気分があって、おりつの表情はひとりでに綻《ほころ》んでくる。牧蔵の、眩しそうに自分を見た視線が心を擽《くすぐ》ってくるのである。

——あのひと、あたしを好いているのかしら——

おりつは大胆なことを思い、その想像のために不意に顔を赤らめた。人通りは少ない。背後から照らす日射しが暖かかった。

割下水は横川堀に突き当たり、横川町の屋並みもそこで右に切れる。角を曲ったところで、おりつの足は不意に止った。姉のお島が開いている飯屋は、角から六軒目である。店の前はやや広い河岸《かし》になっていて、そこには大きな柳の木が間隔を置いて立ち並んでいる。

おりつの眼は、一本の柳の根もとに釘づけになった。そこに男がいた。男は粗末な袷を着た年寄りで、杖をついて木の下に立っている。白髪で、むさ苦しく伸びた髭も白かった。素足に草履を履いている。男の眼は、そこから斜めに、縄暖簾《のれん》を提げているお島の店に向けられている。おりつには気づかないようだ。

おりつは足音を忍ばせて、軒下の日蔭を拾い、俯《うつむ》いて歩き出した。自然に顔を背向《そむ》ける恰好になった。

「めし・酒」と書いた看板の下の暖簾をすばやくはね上げて店の中に入ると、おりつはけたたましく姉を呼んだ。

「何だよう。そんな大声を出して」

もの憂いような口調で、お島が手を拭きながら板場から出てきた。通いできているお玉の姿はなく、お島はひとりで夜の客のために支度をしていたようだった。

「お使いはどうした？　酢蛸《すだこ》を忘れなかっただろうね」

「それどころじゃないのよ。また来ているのよ、姉ちゃん」

「来てる？」

お島はおりつの顔をじっと見た。お島は少し怖い顔になっている。お島はおりつとは十違いで二十七だが、客に年よりさらに一つ二つは上に見られた。細面で眼が大きく、やや厚目の唇をしている。美貌だが、めったに笑うことがなく、それがいつも彼女を気性のきつい女に見せていた。お島は小さい時から苦労をしている。その苦労がお島の美しさの上を、薄い膜のように包んでいるようだった。

お島は入口まで歩き、暖簾の隙間から外を覗いた。

木のそばに男の姿が見えた。日はかなり傾いたらしく路上にあった屋並みの影が伸びて、男の腹から下は薄青い日蔭の中にあった。男の姿は、胸から上だけ光の中に浮いているように日に染まり、白髪も、顔に刻んだ皺《しわ》もはっきり見えた。

「どうする？　姉ちゃん」

と、姉のそばに来たおりつが言った。

「どうもしないよ」

「でも、今日で三日目だよ」

「ほっときな」

お島はもの憂い口調で言うと、暖簾から指を離して戸口を離れた。

「ああして、また夜になるまでいるかしら」

「覗いたりするんじゃないよ」

お島は少しきつい声になった。

「あれはお父っつぁんなんかじゃないんだから。いまになってあたしらの前に顔を出せるような人間じゃないんだから。他人さ。他人がどうしようと知ったことじゃないよ」

「遅くなりました」

元気のいい声でお玉が店に飛び込んできた。お玉は十八になる娘で、この先の本所《ほんじょ》三笠町から通っている。

「わあ、おかみさんご免なさい。出ようと思ったら友達が来て」

「友達って、男かい」

「いやだ、おかみさん。隣のおてるさんですよ」

二

木場《きば》から江島橋を渡ったところに、弁財天社の脇門があった。

牧蔵とおりつは境内に入ると、すぐにお詣りをした。弁財天を祭った社《やしろ》は、石垣を積み上げて一段高くした場所にあり、社の後に別当の吉祥院の建物が続いている。風もなく穏やかに晴れた日だったが、時刻が早いせいか境内には人影が疎《まば》らだった。社の右手の葭簀《よしず》張りの茶屋の中にも人がいたが、それも数えられるほどの人影だった。中には首を曲げて二人をじっと見送っている者もいる。葭簀を通して、きらきらと日を弾《はじ》く海が見えた。

「寄ってらっしゃいな、お二人さん」

茶屋の前に出てきた女が甲高い声を掛けた。女は赤い前垂れをして、二人に笑いかけている。

「どうする?」

と牧蔵はおりつを見て言った。牧蔵は少し火照《ほて》ったような顔をしている。

「高いんじゃない?」

「でも、どうせ昼飯を遣わないわけにはいかないぜ」

「外へ出ましょうよ。外でも食べられるでしょ」

女の若い二人をからかうような微笑が、おりつを居心地悪くさせていた。悪い気分ではないが恥ずかしかった。

牧蔵が先に立って、鳥居をくぐり、料理屋の間を通って門を出た。

「いい天気だ」

外へ出ると牧蔵は立ち止り、両手を空に突き上げるようにして言った。門の外は原っぱで、道をはさんで右は丈の短い枯草が生え、その中に波除碑《なみよけひ》が聳《そび》えている。左は少し高い土堤になって、その向うに青い海がひろがっていた。

「これは昔、ここに津波が押し寄せてさ。このあたりをひと呑《の》みにしたんだ。だからここに家を建てちゃいけないと彫ってあるそうだ」

牧蔵は碑のそばにおりつを導くと言った。

「牧蔵さんは物知りね。でも怖い話だ。また津波がくるかしら。ねえ？」

「そりゃ地震があれば、また来るかも知れないさ」

「ねえ、いま来たらどうする？」

「ばかだなあ。こんないい天気の日に、津波が来るわけがないじゃないか」

牧蔵は言い、土堤に駈け上ると大きな声で、

「こっちへおいでよ」

と言った。

おりつも小走りに後を追った。土堤に上ると、突然眼の前に真蒼な海がひらけた。海は小さな波を刻み、波は眩しく日の光を弾いている。日は海の真上にあった。

「いまもし津波がきたら」

しばらく黙って海を眺めた後で、牧蔵は低い声で言った。

「俺がおりつちゃんを助けてやる」

おりつは聞こえないふりをしてしゃがむと、足もとの枯草の穂を抜いた。牧蔵がいま何かを告白したことが解ったが、それを正面から受けとめるのが怖かったのである。おりつの沈黙は、牧蔵を恥ずかしがらせたようだった。牧蔵は真直ぐ海に顔を向けて、大きな声で言った。

「心配するなって。俺は泳ぎは達者なんだ」

「お握り食べようか」

とおりつもはしゃいだ声を出した。

二人は枯草の上に並んで腰をおろすと、竹の皮に包んだ握り飯を食べた。姉のお島が作ってくれたのである。お島が牧蔵に好意を持っているらしいことも、おりつの気分を浮き立たせている。姉は二人で弁天様に行くというのをあっさり許した。八ツ(午後二時)過ぎには帰ってくるように言い、たまには遊んでおいで、と言ったのである。

だがお握りを食べると、あまり喋《しゃべ》ることがなくなった。牧蔵も黙っている。蒼い海を眺め、足もとの石垣に砕ける波の音を聞いていると、ひどく遠いところに来てしまったような気がした。姉はまた板場に入って、大根や菜を刻んでいるだろうかと思った。そして不意にあのひとは今日も来るだろうかと思った。木の下に杖をついて立っている年寄りの姿が思い出される。すると海の色が少し翳《かげ》ったような気がした。

牧蔵が何か喋ってくれればいいと思った。牧蔵の顔を盗み見たおりつは、くすりと笑い、慌てて手で口を押さえた。牧蔵は何かを思いつめたような表情で、遠い沖のあたりを見つめている。だが、その顎に飯粒を二つほどつけたままだった。

「何だい」

振り向いた牧蔵が言った。おりつは指で自分のおとがいを指さした。

「ああ、これか」

牧蔵は照れ笑いして飯粒をとると、無造作に口の中に入れた。しかしそのまま黙って眼を海に戻した。このひとは、本当は無口なんだ、とおりつは思った。

「牧蔵さんは、これからどうするの？」

「え？」

牧蔵は振り向いておりつを見た。

「ずっと伊勢崎町で働くの？」

「ああ」

牧蔵は遠いもの思いから漸《ようや》く帰ってきたように表情を柔らげた。

「年期が明けてないし、そのあと一、二年はお礼奉公がある。当分親方のところに通いで働くんだ。しかしいずれ棟梁《とうりよう》になる」

「危ないわ。高いところに登るんでしょ？」

「え？」

牧蔵は怪訝《けげん》そうな顔をしたが、不意に笑い出した。

「変なことを言うんだなあ。棟梁にならなくとも、今だって高いところに登っているよ」

「怖くないの？」

「べつに怖くないさ。初めは誰でも怖がるが、そのうち平気になる」

おりつは高い棟に登って、鋸を使ったり、釘を打ったりしている牧蔵の姿を想像した。するとそばにいるのが、幼馴染《おさななじみ》の牧蔵とは違う、一人の別の男のような気がした。

その気持が、不意にあの男のことを喋ってみたい気分に駆り立てた。

「あたしにお父っつぁんがいたのを知っている？」

「ああ」

牧蔵はおりつを振り向いた。

「小さいとき見ただけだが、憶えているよ」

「どんな人だったの」

「そう言われてもわからないな。俺もあんたとそう変りなく小さかったからな」

「あたしは憶えていないの。二つのときにあたしたちを棄ててどこかに行ったんだから」

「そう言えば思い出すことがある」

牧蔵はおりつに躰を向けると、枯草の上に胡坐《あぐら》をかいた。

「小母さんとよく喧嘩してたな。お島さんがあんたをおぶって家に逃げてきたことがあった」

「恥ずかしいわ」

「恥ずかしいことはないさ」

牧蔵は考え深い表情になって言った。

「どこの家にもあることだよ。家の親爺とおふくろもよく喧嘩してたよ。それも子供の前も構わずに取っ組み合いの喧嘩だった。いまは二人とも年取ってそんな元気はなくなったけどな」

牧蔵は小さく笑った。

「お父っつぁんが帰ってきたのよ」

不意におりつは言い、牧蔵の顔を見た。

「帰ってきた？」

「ええ」

おりつは牧蔵の眼を見つめた。牧蔵は眼を瞠《みは》るようにしておりつの顔を見ている。

「毎日店の外に立っているの。でも姉ちゃんは店に入れないのよ。昔、姉ちゃんを辛《つら》い所に売って、その金を持って姿を晦《くら》ましたんだって。だから、他人だって言うのよ、姉ちゃんは」

「……」

「あたしが二つのときでしょ。十五年ぶりに姿を見せたわけよ。おっかさんは貧乏なまま死んじゃったし、姉ちゃんは途中からあたしを引き取ったりして、苦労したのよ。だから解るの、姉ちゃんの気持は」

「うん」

「でも、あれがあたしのお父っつぁんなら、可哀そうだとも思うの」

「毎日店の前に来てるのかい」

「どうして姉ちゃんが店をやってるの解ったのかしらね。ともかく解って来たわけよ」

「もう年だろ?」

「白髪で、腰も少し曲ってる。店に子供が二人もいるのが解って、声をかけてもらいたがってるのよ、きっと」

「……」

「初めは怖かったのあたし。でもこの頃は可哀そうで……」

おりつの眼が潤んだ。

「辛いの」

牧蔵は腕組みをしておりつを見ていた。涙ぐんだ眼のまま、おりつは牧蔵に言った。

「どうしたらいいかしら」

「俺から姉さんに言ってやろうか」

「駄目よ」

おりつは慌てて首を振った。

「その話になると、姉ちゃん怖い顔をするもの」

「ふうむ」

牧蔵は唸って腕組みをとくと、また海の方を向いて長い脛《すね》を抱いた。

「おりつちゃんが知ってるように、俺は家には係わりのない人間だ」

牧蔵は不意に別のことを言った。

「兄貴が二人もいるし、姉もいる。だからいずれ世帯を持つにしても、身が軽いんだ」

「……」

「もしだよ、もしもの話だよ」

牧蔵の声には、言い辛いことを無理に押し出そうとしている硬い響きがあった。

「おりつちゃんさえよかったら、俺がお父っつぁんの面倒をみてもいいんだ。もちろん今すぐってわけにはいかないだろうが」

おりつは初め牧蔵が何を言ったのかわからなかった。だがすぐに、どさくさ紛《まぎ》れに牧蔵が自分を嫁にしたいと言ったことが解った。それが解った気分は悪いものではなかった。擽《くすぐ》られるように浮き立つ気分がある。だが廻りくどい言い方をしている牧蔵を、もう少し困らせてやりたい気持が動いた。可哀そうにこのひと、額に汗をかいてる。

「でも、うちのお父っつぁんはやくざ者なのよ」

「解ってるよ、それぐらい」

「姉ちゃんの話だと、もっと悪いことをしてるかも知れないんだって」

「年寄りだから、もう悪いことなんぞ出来っこないさ」

牧蔵は断定的に言った。

「でも、今すぐお嫁になんか行けないわよ」

「え？」

牧蔵の顔にみるみる笑いがひろがった。

「きてくれるかい、俺んとこに。それはそうさ、今すぐでなくたっていいよ。第一まだ住む家もない」

牧蔵は中腰になり、慌てた口調になった。おりつはくつくつ笑った。

「何だい。何がおかしいんだ」

「牧蔵さんて、変なひと。弁天様って焼き餅やきなのよ。有名なんだから。弁天様の前でそんな話を持ち出しちゃいけないのよ」

「ほんとかい、おりつちゃん」

牧蔵は立ち上り、狼狽《ろうばい》した顔になった。

「そいつは知らなかったなあ」

おりつも立ち上り、笑いながら裾を押さえて土堤を駈け下った。

「おい、待てよ」

牧蔵も後を追ってきて叫んだ。二人は波除けの碑を、鬼ごっこでもするように二、三度廻り、枯草の中に駈け入って、大きく円を描いて走り廻ったあと、また碑のそばに戻った。

「うちのお父っつぁん、卯助っていう名前なんですって」

おりつは、碑に手を触れて躰をささえ、息を弾ませながら言って笑った。

「変な名前」

「変なことはないさ」

牧蔵は言ったが、自分も笑い出した。弁財天の門際で、年寄った夫婦らしい二人連れが、牧蔵とおりつを呆《あき》れたように眺めていたが、二人にはその視線は全く気にならなかった。風景が眩しくひろがっている感じがするばかりだった。

三

「また見てる。覗くんじゃないって言っただろ?」

お島に叱られて、おりつは暖簾から離れたが、その眼に涙が滲《にじ》んだ。

「なんだい、その顔は」

「だってまだいるもの。外は寒いのに」

「どれ」

お島も覗いたが、すぐに、

「大丈夫だよ、歩き出した」

と言った。店には十人ほどの客がいて、煮物や焼魚をつつきながら酒を飲んでいる。「おい姐《ねえ》ちゃん、酒だ。二人とも何をぼんやり突っ立っていやがる」という声がした。

「はい、ただいま」

お島は張りのある声で答えて、板場に戻った。おりつはまた縄暖簾に隙間をつくって外を見た。男が仄《ほの》暗い夜の道を帰るところだった。男の姿は不意に闇に呑まれて見えなくなったり、路に明りが洩れている場所に不意に浮び上ったりしながら、少しずつ遠ざかって行く。

男は測って来るように、七ツ（午後四時）過ぎに清水町の方角から、河岸伝いに姿を現わし、一刻《いっとき》ほど店の向い側に立って、六ツ（午後六時）の鐘が鳴る頃、ゆっくりした足どりでどこかへ帰って行くのだった。杖に縋《すが》って、どこか躰の具合が悪いかと思うほど覚束《おぼつか》ない足どりだった。

不意におりつの胸が轟いた。

清水町の方角から人影が三人現われたと思うと、擦《す》れ違いざまにいきなり男を突き飛ばしたのを見たのである。紙のようにたわいなく、男の姿が路に倒れるのが見えた。

おりつは思わず外に飛び出した。

突き飛ばした連中は、擦れ違うとき今度はおりつに野卑な声をかけたが、おりつは気づくひまがなかった。下駄を鳴らして駈け、男のそばに来ると、声をかけた。

「大丈夫ですか」

男はのろのろと起き上った。杖に縋って立つと、おりつをきょとんとした眼で見た。皺に埋もれたような細い眼が、おりつを確かに見ているかどうかは解らなかった。

「大丈夫ですか、おじさん」

とおりつは言った。すると思いがけなく涙が溢れた。おりつは男の前にしゃがむと、着物についた埃《ほこり》を払ってやった。

「おなか空いてませんか、おじさん」

おりつは言い、俯いてこみ上げてくる嗚咽《おえつ》を歯で嚙みしめた。男は黙って立っている。

「ね、何か食べていらっしゃい。行こ、あの店に行こ」

姉に怒られてもいい、とおりつは思った。冷たい風が河岸を吹き過ぎて、半分ほど葉が落ち散った柳の枝が暗い道に乾いた音を立てた。

男の手をひいて店先まで戻ると、暖簾の前にお島が出ていた。いきなり殴られるかと思ったが、お島は低い声で、

「こんなことになると思ったよ」

と言っただけだった。それから男に向って、

「どうせ飲みたくて突っ立っていたんだろ。一杯飲ませるだけだからね。妙な勘違いをしない方がいいよ」

と言った。男はお島のきつい科白《せりふ》を聞いているのかどうか、ひと言も喋らなかった。

おりつは男の手をひいて飯台《はんだい》にみちびいた。店は混んできている。入口の近くが僅かに空いていた。そこに男を坐らせると、

「いまお酒持ってきますから、ここで待っていて下さい」

とおりつは言った。男は細い眼を見ひらき、驚いたような顔でおりつを見上げている。その顔をみておりつは、この人は、姉の店を本当に自分の子供の店と探りあてて来たのかしらと疑った。姉も自分も、そのつもりで男を眺めているが、ひょっとしたらさっき姉が言ったように、酒が飲みたいために、ある日偶然見つけた酒の店の前

に、物乞いのように毎日立ち続けていたのではなかったか。おりつを見つめる男の眼には、おりつを自分の子供と認めた感情の動きは感じられなかった。

——それでもいい——

とおりつは思った。この人が、姉が言ったように、確かに自分の父親なら、寒い外に立たせておくことは出来ない、と思った。

お島が渡した一本の銚子と、漬け物をのせた小皿を受け取りながら、おりつは小声で言った。

「あのひと、ほんとにお父っつぁんなの？」

「ああ、紛れもないバカ親爺さね」

お島は乱暴な口をきいた。

「ほんと？　間違いない？」

「お前もバカな子だね。どこの世界に自分の親を間違える人間がいるかよ」

「おかみさん」

奥の方に廻っていたお玉が叫んだ。

「こちら、お銚子二本ですゥ」

「あいよ」

お島は愛想のいい返事を返し、おりつに向って言った。

「さっさと飲まして帰しな。余計な情けをくれるんじゃないよ。癖になるから」

「姉ちゃん」

おりつは姉の後姿を追いかけた。

「でもあのひと、あたしのことなんか解らないみたいだ。ほんとにあたしたちが子供だと思ってここへ来たのかしら」

「それがあいつのテなんだよ」

お島はお湯の中から燗《かん》のついた銚子を引きあげながら、煩《うる》さげに言った。

「ちゃんとわかっているさ。わかっていてとぼけてんだよ、あのじじい」

おりつが酒を持って行くと、卯助は「へい」と低い声で言い、おりつに頭を下げた。顫《ふる》える手が思いがけないすばやさで銚子を摑み、盃を引き寄せた。ほかの客に酒を運びながら、おりつはちらちらと卯助を眺めた。卯助は飯台に胸をこすりつけるようにして、盃を口に運んでいる。嘗《な》めるようにゆっくりした飲みかただった。灯の色が暗くて、表情は解らない。

「おい、このじじいは何とかならねえのかい」

不意に大きい声がした。声は嗄《しやが》れ声で荒荒しく、一瞬店の中のざわめきが消えた。

お島が訝《いぶか》しむような表情で板場から出てきた。酒を出すが、飯も喰わせる店で、近くにある銅座の職人などの常連が多く、この店ではめったに大声を張りあげるような客はいない。いまも酒は飲まずに飯だけ搔《か》き込んでいる客もいた。

「どうかしましたか」

「どうかしたかじゃねえやい。このじじいをどっかに寄せてくんな。臭くて酒がまずくて仕様がねえや」

声の主は隣に坐っている卯助を指さしていた。指さされた卯助は、まだ一本の銚子にしがみついて、盃をすすっている。おりつははっとした。さっき卯助を店にみちびいてきたとき、異様な匂いがしていたのを思い出したのである。恐らく洗い濯《すす》ぎもしない物を身につけているためなのだろう。引いた手に脂気がなく、木の皮を摑んだような感触だったのも甦《よみがえ》ってきた。

隣に坐っている男は、それを言っている。

「相済みません」

お島は慌てて言い、小走りに男のそばに行った。男は三十ぐらいの小肥りの男で、時時店で見かける顔である。右耳の下に刃物の傷痕と思われる黒い引き攣《つ》れがあり、険しい眼つきが堅気とは見えない。いつも黙って飲んで帰るだけの男だった。

「心づかないことをしました。ちょっとした知り合いなもので、うっかり一杯飲ませたものですから」

「とにかく臭えや。鼻がひん曲る」

「ちょっと」

お島は邪険に卯助の前から銚子を取り上げた。

「もう大概《たいがい》におしよ。躰があったまったら帰っておくれ」

卯助は驚いたように顔を挙げ、慌てて銚子に手を伸ばしたが、お島の険しい表情に気づくと黙って立ち上った。それから腰をかがめてうろうろと土間を眼で探った。

「はい、これでしょ」

おりつは素早く入口に立てかけておいた杖を持って行って握らせた。卯助は、おりつの顔をじっと見た。酔いが廻って、猿のように赤らみ皺ばんだ顔だった。それから何か言いかけるように、微かに喉《のど》を鳴らしたが、そのままおりつが開けた戸から外に出た。店の中にまたざわめきが還《かえ》ってきた。

そのざわめきに追い立てられるように、杖に縋《すが》った姿が、ゆっくり遠ざかる。

――どこまで帰るのだろう――

見送りながら、おりつはふとそう思った。背後で、「なにわかりゃいいのさ」という男の声と、「お口なおしにおひとつ」と言っているお島の声が聞えた。姉の機嫌のいい声を、おりつは憎んだ。

年寄りの姿が闇の中に消えたのを見届けて、おりつはお島を振り返った。卯助を追い払った男が、ちょうど立ち上ったところだった。

――もう帰るんなら、あんなことを言わなくともいいのに――

おりつは、険しい人相をしたその男も憎んだ。

「またおいでなさいまし」

男を入口まで送って出て、お島が愛想よく言った。男はうなずいて店を出ようとしたが、不意に振り返って、

「兄貴が帰ってきますぜ」

と言った。お島は不意を打たれたように、眼を瞬《またた》いて男を見たが、その表情が急速に硬くなるのをおりつは見た。

「誰のことですか」

「おや、お忘れですかい」

男の嗄れ声は、急に嘲《あざけ》りを含んだようだった。

「兄貴ったら乙次郎《おとじろう》兄貴に決ってると思ったが、ほかにもそういう人がいなさるんで

すかい」

「知らないね、そんな人は」

お島は険しい声を出した。男を睨みつけるようにして言った。

「あんた一体誰なのさ」

「弟分で源吉というもんですがね。兄貴が江戸を出るときに頼まれましてね。ちょいちょい見廻ってくれってわけで、へい」

「余計なお世話だよ。あの人とはとっくの昔に切れてんだからね」

「おや、兄貴はそうは言ってませんでしたぜ」

店の奥で客が銚子を振って、酒を催促している。おりつは二人のそばを離れ、酒を運ぶために板場に行った。

酒を運んで入口を見ると、男の姿はなく、お島がぼんやり袖口に手を差し込んで立っていた。お島の髪は少しほつれ、顔色が蒼ざめて見えた。

「あの人、誰なの？」

おりつは姉のそばに行くと、恐る恐る聞いた。

「え？」

お島は考えごとをしていたらしく、顔を向けたあとしばらくぼんやりおりつの顔を

見ていたが、漸く、

「ならず者さ。気色《きしょく》悪い」

と言った。

「乙次郎て誰のこと？」

「お前の知らない人だよ。よけいなことを聞くんじゃないの」

とお島は言った。だがお島の声は、何かに怯《おび》えているように、どこか落ちつきがなく、おりつを不安にした。こんなに屈託ありげな姉を見るのは初めてだった。

四

銚子一本の酒を、少しずつ啜《すす》るようにして、卯助は飯台にへばりついている。寒いせいか客は少なく、五、六人しかいなかった。お島は客の一人の前に坐り込んで、酒の相手をしていた。相手は同じ町内の薬種《やくしゅ》問屋の手代で、常七という男だった。世帯持ちの四十男で子供も三人いる。常七の家は、北割下水を渡って、業平橋《なりひらばし》に程近い八軒町にあった。酒好きで店の仕事が終ったあと、大概お島の店で一杯ひっかけて家へ帰るのである。

お島の笑い声がした。常七がおかしいことを言ったとみえて、お島は仰向いて笑ったあと、袖で顔を隠してまだ笑っている。その笑い声で、おりつはお島がまた酔っているのを感じた。

眼の隅で人影が動いた。卯助が立ち上ったところだった。卯助は相変らず七ツ過ぎになると、どこからともなく店の前にやって来て、木の下に立っている。すると時刻を測っていたおりつが外に出て呼び入れるのだが、卯助の顔には何の表情も現われなかった。皺の中に埋もれたような眼を伏せて、ゆっくり店に入り、そこが定められた席であるかのように、入口に一番近い飯台の端に坐り、手をこすりながら、熱い銚子が運ばれてくるのを待つのである。卯助が、そのようにして店の隅に坐るようになってから、二十日ほど経っていた。

おりつは勝手に卯助を呼び入れ、勝手に酒を運んだが、お島は見て見ぬふりをする、という態度だった。

「一本だけだよ。あのじじいに酒を飲ませる義理なんてものは、これっぽちもないんだからね」

と釘をさしただけである。

卯助が匂うと言って難癖《なんくせ》をつけた、あの源吉という男が来ないかと、おりつは気を配っていたが、源吉はあの夜妙なことを言ったきり、ふっつりと顔を見せない。

「ご飯を食べて行きなさいよ」

おりつは立ち上った卯助が、入口に来るのを待っていて囁いた。

「姉さんなら、構わないのよ」

「………」

卯助は顔を挙げて、おりつをじっと見た。一本の酒で赤くなった顔の奥から、瞬かない眼がおりつの顔に向けられている。

「………」

卯助は首を振った。

「どうして？　姉さんが怖いの？」

おりつは卯助の袖をつかんで言った。異臭が鼻を衝《つ》いてくる。卯助は黙って首を振ると歩き出した。

「おりつちゃん、どうした？」

おりつが外に出て卯助を見送っていると、背後から声がかかった。月明りに牧蔵の姿が浮き上っている。

「遅かったのね」

「もう帰っちゃったかい」

「ほら」

おりつは指で、遠ざかって行く卯助をさした。小さな影がひとつ、凍るように白い月明りの道を、少し揺れながら歩いて行く。

「どうする？　行ってみるかい？」

「ちょっと待って」

おりつは男を待たせて、店の中に戻った。お島はまだ常七の前に坐って話し込んでいる。おりつの方は見なかった。お玉は板場に入っていて酒の燗をつけている。

「行ってみるわ」

外に出ると、二人は並んで足をはやめた。卯助の後を跟け、どこに住んでいるか突きとめるつもりである。

姉のお島が、父親をどう思っているにしろ、銚子一本の酒で、物乞いでも追い払うように扱っているのが、おりつには辛かった。お島は話しかけるどころか、眼もくれない。五日ほど前に牧蔵にそう訴えたとき、牧蔵は意外なことを言った。

「しかし、お父っつぁんがどういう暮らしをしているかは、見なくちゃ解らないことだぜ」

「それはどういうこと？」

「ひょっとしたら、ちゃんと家があって……」

牧蔵は言い難《にく》そうに声を落とした。

「女房子供がいるかも知れないじゃないか」

あ、とおりつは思わず声を挙げそうになった。そういうことを考えたことはなかったのである。しかし十五年前に姿を消したとき、卯助は若い女と一緒だったのである。その女といまも一緒に暮らしていれば、子供も当然いる筈だった。

確かめなければならない、と思った。女房子供がいるとしても、父親のみじめな姿に無関心ではいられない。見過しは出来ない。だがもしそうだとすれば、いまのような切ない気分は、幾らか救われる気がした。おりつは牧蔵に頼んで、一度卯助の住んでいる場所を確かめることにした。今夜がその約束の晩だった。

卯助の姿は、横川堀の川沿いの道を真直ぐ歩き、清水町を通り過ぎ、さらに長崎町を過ぎようとしていた。

風は無いが寒い夜で、銀色の半月が、暗い空に穴を穿《うが》ったように光っている。人通りは無く、道には屋並みの軒が、短い影を落としているだけだった。

卯助は南割下水に沿って、道を右に曲った。牧蔵とおりつは、いそいで角まで行ってその姿を探したが、探すまでもなく卯助の後姿は同じ足どりで、割下水沿いに歩いていた。町は長岡町に変り、三笠町二丁目から一丁目を過ぎて、そこから先は武家屋敷の塀続きになった。卯助は一度も振り向かない。少し背を丸め、前かがみになった姿勢で黙黙と歩いて行く。

辻番所の前を二度通った。突き当りに本所御竹蔵の広大な塀が、黒黒と浮び上った。

「どこまで行くのかしら」

おりつは牧蔵に囁いた。寄り添ったのは寒かったからだが、漠然とした不安も胸の中に兆している。卯助はどこまで行くのだろうか。

「曲った」

牧蔵が囁いて、おりつの手を探った。おりつは掌を委ねたままにした。牧蔵の掌は大きく暖かかった。

卯助は御竹蔵前の掘割に突き当ると左に折れた。道は割下水を渡って、左は武家屋敷、右は御竹蔵の掘割にはさまれて、真直ぐ南に伸びている。卯助の姿は、足もとに黒い影をひきずって、ゆっくり歩いて行く。亀沢《かめざわ》町の角で、月明りで昼のようなのに、提灯を提げた二人連れの男に会ったが、卯助の休みない足どりは変らなかった。

ついに卯助は本所相生町《あいおい》四丁目と五丁目の間を抜けて、竪川に架かる二ノ橋を渡った。

卯助が足をとめた場所は、五間堀を渡って、長慶寺と隣合う深川森下町の一角だった。そこに貧しげな裏店があった。傾いた木戸が、そのまま片側に寄せかけてある。裏店は長慶寺のしんかんとした黒塀に寄り沿うように、低い軒を聚《あつ》めていた。ここに来るまでに、卯助は二ノ橋を渡ってから松井町と林町の間を抜け、さらに常盤町から大名屋敷と弥勒寺《みろくじ》の間を通り抜けてきている。

木戸の外で、おりつは牧蔵の腕に縋って立ち、卯助が裏店の一軒に入って行くのを見た。裏店のどこにも灯の色がなく、卯助が家に入る時、戸が耳をこするような鋭い音を立てて軋《きし》んだだけである。おりつの躰は小刻みに顫え続けている。長慶寺の高い杉木立の中に、まだ眠れないらしい夜鳥の声が洩れ、木の枝にさえぎられて、あたりが暗いのが怖かったのである。

卯助の家の窓に、灯がともった。行燈《あんどん》に火を入れたようだった。

「あそこが、お父っつぁんの家なのね」

とおりつは囁いた。しッと牧蔵が言い、おりつの手を引っ張った。

卯助の家の戸が開き、中から脇の下に何かを抱えた卯助が出てきた。卯助の足どりは、歩いてきたときと変らないゆっくりした運びで井戸に向った。その姿が不意に見えなくなったのは、老人がそこにしゃがんだのだった。やがて水を汲み上げる音と、米をとぐ音が聞えてきた。

卯助の家の灯が消えるまで、牧蔵とおりつは、家の外に立ち、長い間、中の物音を聞きとろうとした。物音は、老人が飯を炊き、それを喰い終ったことを示し、やがて灯が消えた。

長い、だらしのない欠伸《あくび》の声が家の中の闇の中でした後、物音は絶えた。おりつは、牧蔵を促し、木戸の外に出た。おりつの心には、もう怯えはなかった。父親に対する憐れみが、火のように募ってくるのを感じていた。

五

いきなり頬を打たれた。牧蔵に送ってもらい、詫びを言ってもらって、二階の部屋に上ってからである。店の二階のこの部屋で、おりつは姉と一緒に寝起きしている。牧蔵の言い訳には愛想のいい顔を見せたお島が、店の戸締りをして二階に上ってくると、不意におりつを殴りつけたのである。

「何だい、若い娘が」

　お島の躰から酒が匂っている。

「夜の夜中に男とほっつき歩いて。そんなことで済むと思っているのかい」

「だって、言ったでしょ。お父っつぁんの家を見に行って来たって。遊びに行ったんじゃないわ」

「それがよけいなことだって言うんだよ。甘い顔をしていれば、お父っつぁん、お父っつぁんてうるさいね。あんなじじい、父親でも何でもないって言っただろ。あんな奴に、酒なんか飲ませることはないんだ。ただお前が何だかんだと哀れがるから、見ないふりをしているだけさ」

「お酒一本がそんなに惜しいの」

　灯が消えた闇にひびいた、溜息のようだった長い欠伸の声が、おりつの耳に残っている。その声がおりつを反抗的にした。

「そんなに惜しかったら、お金はあたしが払うわよ」

「お金じゃないよ。あのじじいが憎いのさ。言ってもお前には解らないことだけどさ」

「姉ちゃんには迷惑かけない。牧蔵さんが、あたしを嫁にもらってくれるって。そうしたら、お父っつぁんはあたしが引き取るから」

ぷっとお島は吹き出した。

「おや、ご立派だこと。お前が牧蔵さんの嫁になって、あの憎たらしいじじいを引き取ってくれる。ぜひそうしておくれ。あたしゃそれ聞いてせいせいした。お前を育てた甲斐《かい》があったねえ」

「姉ちゃん、姉ちゃん」

おりつはお島の言葉をさえぎった。

「どうしてそんなにお父っつぁんが憎いの。姉ちゃんを売ったからなの」

「そうだよ」

お島は怒鳴った。

「あたしがした苦労なんてものは、話しても誰にも解りゃしないさ。あたしだって考えると夢みたいだよ。お前いくつだっけ?」

「十七」

「そうだったねえ。あたしが売られたのは十二の時さ。そしてじきに客を取らされた」

お島は壁に這《は》い寄ると、足を畳に投げ出し、壁に凭《もた》れて笄《こうがい》で頭の地を掻いた。

「辛かったの」

「当り前だろ。十二だよ、人バカにして。お父っつぁんという人は、娘を売ったその金を持って、若い女と逃げたんだよ」

「……」

「あの人はもともとおかしなところがあった人なのさ。仕事に身が入らなかったよ。あたしを売り飛ばす前も、さんざ貧乏してるんだ」

卯助は際物師《きわものし》だった。

際物師は正月二日には宝船の絵、六日には七草粥《ななくさがゆ》に使う薺《なずな》、十四日には輪飾りを取りはずした後にかける削り掛けというように、その時時の行事に必要な品を売り歩く商売である。宝船の絵は、駿河半紙《するがばんし》に七福神乗合い船を描き、その上に「長き夜のとおの眠りのみな眼覚め　波のり船の音のよきかな」という歌を墨摺《ず》りにしたものである。

卯助はこれを「お宝お宝えー、宝船、宝船」と呼んで売り歩いた。六日には「なず菜ア、なず菜」と触れ売りをするのである。

三月には雛物《ひなもの》、五月には端午《たんご》の節句もの、七月には七夕の生竹、盆燈籠《ぼんどうろう》など盂蘭盆《うらぼん》に使う品品、八月十五夜、九月の十三夜には月見の尾花、十月には日蓮宗の会式詣《えしきもうで》をあて込んできせ綿《わた》、作り花を売る。十一月には酉《とり》の町のもの、十二月は正月用のしめ縄、飾り松などを売り歩く。売ったものは、使えば翌日には捨てられるものであったり、翌年のその日にならないと買い替えないものだったりする。

季節季節に必要なものではあるが、売り値は高価なものはない。利は薄く、利が利を生む商売の面白味というものもなかった。身過ぎ世過ぎのなりわいだった。暮らしは貧しく、お島には、金のことで卯助と母親のおたねが始終言い争っていた記憶しかない。

口喧嘩が、卯助がおたねを打ち叩き、おたねが女だてらに卯助にむしゃぶりついて行く、浅ましい取っ組み合いになったのは、おりつが生れる前の年あたりからだった。

卯助は博奕を打ち、女遊びをしているのだと、その頃おたねは子供のお島にこぼした。

「お前は嫁に行くときはちゃんと手に職のある人にいかないとねえ。あの人は商売にひまがあり過ぎるんだよ。もともと怠け者が、ひまがあるから、つい悪いことに手出しするのさ」

おたねがいう賽子《さいころ》遊びがどういうものか、子供のお島にわかる筈はなかったが、それが悪いことだということは頭の中に染み込んだ。卯助は昼は寝ていて、日暮れから外に出かけた。お島が起きているうちに帰ってくることもあったが、夜更けに表戸を乱暴に叩き、酒に酔って帰ることもあった。その後で喧嘩が始まった。

卯助とおたねが、近所迷惑な声を張りあげて、取っ組み合いをしているのを見ると、お島は子供心にも隣近所への気遣いで身が縮むようだった。

それでも初めの間卯助は、三晩も家に帰らないなどという時でも、売り物の時期がくると姿を現わし、慌ててどこからか金を都合してくると品物を揃え、売りに出かけた。だが博奕と酒に心を奪われている男に、いい商いが出来るわけがなかった。売り上げが落ち、品物が残るようになった。その日一日だけしか値打ちがなく、次の日は捨てられるものがその夜、山になって家の中に残っているのは、恐ろしくて滑稽な光景だった。その売れ残った尾花の中で、卯助とおたねは口汚く相手を罵《ののし》り、果ては取っ組み合った。

卯助は仕事を怠けるようになった。万遍なく売っていた行事ものを、ある月は売りある月は休むというふうになったのである。どうせ使うものだからと、卯助が売りに行くのを待って買っていた家が、これで卯助を見離した。

ひとつの光景がお島の記憶にある。

西の町の翌朝、本所元町に住んでいる惣兵衛という男がやってきた。惣兵衛は金貸しである。際物師からの貸金の取立ては、酉の町の後という慣習がある。惣兵衛は慣習に従ってやってきたわけだが、卯助が「金はない」というと眼をむいた。

「どうも怪しいと思っていたら、やっぱりこのざまだ」

惣兵衛は土間に踏み込んで怒鳴った。惣兵衛は小柄だが広い肩幅を持ち、がっしりした躰で、艶のいい赤ら顔をした五十男だった。金を返せないなどと言おうものなら、鼻面ひき廻しても取るものは取ると言われている。

「噂を聞いてないわけじゃないぞ、卯助。それでも何にも言わずに貸した俺の顔に、お前は泥を塗る気だな」

「そんなつもりじゃないが、金はない」

卯助は狭い土間に、惣兵衛と胸をつき合わせて立ち、俯いてぼそっと言った。卯助は若いときは細身で男っぷりがよく、女にもてた。四十過ぎて賭けごとに身を持ち崩したいまも、その面影を残しているが、表情は老けて荒んだ翳がある。

お島は茶の間から顔だけ出して二人のやりとりを覗いていたが、父親の顔に、機嫌が悪いときに出てくる青黒い筋が盛り上って、眼の下の皮膚がひくひくと動くのを見た。

「文句はいらん」

惣兵衛は屋の内にひびく大声で言った。

「元利揃えて、貰うものを貰いましょう」

「わかった」

甲走《かんばし》った声で言うと、卯助は飛び上るように土間から家の中に入り、茶の間の入口でお島を突き飛ばすと、そこに積んであった売れ残りの何首烏玉《かしゅう》を両腕に抱え上げた。何首烏玉は、何首烏芋を玉にしたものを笹の枝に突き刺して並べ、輪に作ったものである。酉の町で売る。

「あんた、それをどうするんだよ」

おたねが上《うわ》ずった声をかけた。おたねは部屋の隅に小さく坐り、襟を開いておりつに乳をふくませていたのである。卯助は振り向きもしなかった。

「これをもって帰ってくれ」

卯助は鋭い声で言うと、いきなり惣兵衛の頭の上から何首烏玉を叩きつけた。惣兵衛が顔色を変えて摑みかかるのを、卯助は外に押し出し、外で二人の男は殴り合い、取っ組み合いに移った。寒い日射しが射し込む裏店の露地で、荒荒しく躰をぶつけ合っている男二人が、お島には胸が潰れるほど怖かった。

「だが、あの頃はまだよかったんだ。それでも時時働いていたし、喧嘩はしてもおっ母さんや、あたしとお前を餓《う》え死にさせまいと、どっかから金を持ってきたものね」

とお島は言った。

「だけど、それも間もなくおしまいになったのさ。あのじじいは、お前が二つになった年に女を作って逃げちまったんだよ。あたしを叩き売った金を持ってだよ」

「……………」

「人間のやることじゃないよ。あたしは売られたから恨んでるんじゃない。その金で親や妹が少しでも楽ができたというんなら、辛いけど我慢のしようもあるじゃないか。げんに同じ裏店でおろくさんという人は廓《くるわ》に売られたものね」

「その家も貧乏だったの」

「家とおっつかっつだったね。おろくさんはお女郎になったけれども、その金で親を養ったわけさ。ところがあたしは違うんだ。入船町の料理屋というところに、女中奉公だと言われて行ったのさ。十二の時だよ」

「……………」

「それが行ったら半年ぐらいで、客を取らされた。股のひろげようも知らない小娘がだよ」

「姉ちゃん」

「はい、悪かった。とにかくあたしはこのとおりの気性だから、約束が違うと喚《わめ》いたわけだ。そうしたらお前の親爺が万事承知で、金を受け取ったんだって叱られちまってね」

「……」

「それでも、どうしても承知できないから、確かめようと家に行かしてもらったよ。料理屋じゃ逃げられると困るというんで、人をつけてね。家へ行ったら、親爺は逃げた後で、おっ母さんがお前を抱いてぼんやりしてた」

「お父っつぁんはどこに逃げたの？」

「わかるわけないだろ、そんなこと。だけど悪い噂があったんだよ、後で。その若い女というのは、親分と呼ばれている人の妾《めかけ》で、逃げるときに、親爺はその親分を殺そうとしたとか、殺しそこなったとかいう怖い話だったよ。いい年をして女にとち狂った人間だから、やることが怖いよ」

「それでいままで音沙汰《さた》なしだったわけね」

「どんな土地で、何やってきたか解らないんだからね。あまりお父っつぁんなんて近寄りなさんな。お前には悪いけど、向うじゃお前のことなんか、なんとも思っていないと思うよ。父親だなんて人並みの気持があったら、あんな真似はできるわけはないんだから」

「だったら、どうしてあたしたちをたずね当てて来たのかしら」

「ひとりだったってかい」

「ええ。自分で米をといでいたもの。ほかには誰もいなかったようだ」

「じゃ死に時が近づいて、心細くなったんだろうよ。ふん、それはそれでいい気なもんさ」

お島は壁から背を離すと、畳に横になった。

「ああ、疲れたよ。そろそろ寝ようか」

「姉ちゃん、乙次郎て誰のこと？」

「………」

「こないだ来た人相の悪い男が言ってたじゃない？　ねえ」

「お前、聞いていたのかい」

「うん」

「怖い人さ」

お島は眼をつぶったまま言った。行燈の火影《ほかげ》に照らされたお島の顔は眼がくぼみ、少し蒼ざめたように見えた。

「岡場所から足を抜くときに、その人を頼ったんだ。けど一緒に住んでみると、蛇みたいな男だった。姉ちゃん逃げ出したんだよ。そいつはそのすぐ後で、人を傷つけて島送りになったのさ」

おりつは微かに身震いした。年老いた父親が帰ってきたのとは話が違う、凶悪なものが姉と二人の暮らしに影を落としたのを感じたのである。

「ねえ、どうする？　その人ここへ来るの？」

「来るかも知れないね」

お島はやはり眼を開けないで答えた。

「来たときは来たときのことさ。何とかなるだろ」

「あたし怖いよ」

「姉ちゃんだって怖いよ。だけどここから逃げ出すわけにいかないだろ。屋台の煮売り屋から、やっとここまで漕ぎつけたんだ」

六

乙次郎は不意にやってきた。

お島は混んでいる店の中で、酒を注ぎながら客と話しこんでいたが、ふと気がつくと、入口を入ったところに男二人が立っていたのである。乙次郎と一緒にいるのは、この間厭味《いやみ》を言って帰った源吉という男だった。

お島は顔から血の気がひくのを感じた。反射的におりつの姿を探した。おりつは、お島より先に男たちに気づき、やってきたのが乙次郎だと直観したらしい。手に銚子をのせたお盆を持ったまま、板場の前に立ち竦《すく》んでいる。眼を瞠り、その眼が瞬きを忘れている。

乙次郎の顔は漁師のように赤黒い皮膚をし、頬が抉《えぐ》ったように殺《そ》げている。三十半ばに見えながら、髪は目立つほど白い。立って腕組みしながら、険しく光る眼をお島に注いでいた。

十人近い客が店の中にいたが、入って来た二人連れの客の異様に険しい表情に気づいたらしく、話し声は消えて、店はひっそりした。その中で、いつもの場所に坐っている卯助だけが、背をまるめて盃を啜《すす》り、さっきおりつが運んだ豆腐を、舌を鳴らして貪《むさぼ》り食べている。

お島は立ち上り、襟もとを繕ってからゆっくり男たちに近づいた。

「なかなか繁昌《はんじょう》してるじゃねえか」

お島を迎えると、乙次郎は初めて声を出した。突き刺すような眼の光はそのままで、太い声だった。

笑顔も見せないで、お島が答えた。

「ええ、どうやらおかげさまで」

「帰れておめでとうぐらいは言わねえかい、お島」

「さ、どうかしら」

お島は真直ぐ胸を向けると、挑むように言った。

「おめでたいのかどうか、何とも言えないものね。それにあんたとは昔切れてるし、顔を知ってるってだけだから」

乙次郎が初めてにやりと笑った。すると殺げた頬が深く窪んだ。

「先手を打ったつもりだな、あま」

低い声だが、凄味のある科白《せりふ》だった。

「ま、いい。じっくり話そうじゃねえか」

乙次郎は飯台の方に歩いた。

「酒をくれ」

「お代は頂くよ」

乙次郎の頬がまた深く窪み、唇が笑いで歪んだが、無言だった。

「じじい、また来てやがら」

源吉が卯助を見つけ、通りしなに腰掛の樽《たる》を蹴ったが、卯助は顔を挙げなかった。

卯助は残っている豆腐のかけらを、箸でつまむのに熱中している。

「お酒持っておいで」

お島は、まだ呆然と男たちを眺めて立っているおりつに言った。

「怖がらなくともいいんだよ。人相は感心しないけど、まさか取って喰いもしないだろうから」

乙次郎がまた声を立てないで笑った。笑った顔のまま、乙次郎は、おりつの顔をじろじろ見た。

「美人じゃねえか。手伝いの姐ちゃんかい」

「妹だよ」

おりつは顔をそむけて飯台に銚子を置くと、急いで板場の方に帰った。

「可哀そうに、すっかり怯えてるよ」

「……」

乙次郎は答えないで、おりつの後姿を鋭い眼で追っている。その眼に邪悪な輝きのようなものをみて、お島ははっとした。

「話があるんなら、早くしておくれ。あたしゃこのとおり忙がしいんだから」

「……」

「もっともあたしの方には、別にあんたと話すことはないけど」

乙次郎は、漸くおりつから眼を離した。店の中に、またざわめきが戻ってきていた。客はお島が男たちに酒を注いでいるのを見て安心したようだった。

「話なんてものはねえよ」

乙次郎は無表情に言った。

「当分ここに置いてもらうだけで結構だ」

「冗談じゃないよ」

お島はのけぞるように胸を引いて、乙次郎を睨んだ。

「誰があんたなんかを……、あたしにそんな義理はないんだからね」

「おれも少少くたびれているのだ」

乙次郎はお島の剣幕をまったく無視して、言葉を続けた。

「島暮らしてえのはひどいもんでな。ゆっくり休みてえ。柳島の親分は、家にいてゆっくり養生しろ、と優しいことを言ってくれるが、やっぱり窮屈だ。その点ここなら気兼ねはいらねえ」

「よしておくれ。お断わりだよ」

「それに親分とこに厄介になってちゃ、女もというわけにはいかねえ」

横で源吉が吹き出し、「ちげえねえや」と言った。

「その点ここならお前がいる」

「馬鹿にするんじゃないよ。女だと思ってひとを嘗《な》めやがって」

お島は荒荒しく立ち上った。烈しい勢いに、蠟燭の炎が音たてて揺れた。

「そんな話だろうと思ったよ。さ、話は終りさ、出て行っておくれ」

「坐んな」

乙次郎はじろりとお島を見上げて、圧《お》し殺した声で言った。

「それじゃ話はこれからだ。坐ってじっくりと聞きな」

「聞くことなんかないよ」

「いいから坐んな」

乙次郎は抑揚のない声で繰り返し、お島が坐るのを待って言った。

「なに、黙って居坐ってもいいのだ。だがどうしてもいやだというんなら、金を出しな。だいぶ溜めてるそうじゃねえか」

乙次郎は兇暴な眼をした。本性を現わしたような言い方だった。

「それもお断わりだね。なんであんたに金をやらなきゃならないのさ。そんな義理はないって言ったろ。あんたとは縁が切れてんだ」

「立派な口をきくじゃねえか」

乙次郎はせせら笑った。それから不意に大きな声を出した。

「あそこから足を洗えたのは誰のおかげだと思っていやがる。でけえ口を叩きやがって。喉もと過ぎれば熱さ忘れるか。てめえがこうして商売していられるのは誰のおかげだい」

しんと静まり返った店の中で、不意に乙次郎は声を落とした。

「とまあ、こういうわけだ。お島、金が要る。十両用意しな。今日とは言わねえ、二、三日あとでいいや」

「そんな大金、ある筈がないだろ」

「おい、大声で喚いてもいいのか。ここのおかみは、昔入船町に住んで、股で稼いでいた女だと、え？」

乙次郎は言葉を切り、入口の方を見た。

「あれは誰だい？」

卯助がいま店を出るところで、それをいつ来たのか牧蔵が来ていて、牧蔵に寄り添ったおりつと二人で見送っているところだった。

「誰でもいいよ。あんたなんかに係わりのない人なんだから」

「あの若え奴《わけ》は誰だい」

乙次郎は執拗に聞いた。

「生意気な面アしてるぜ」

源吉が酔った声で迎合するように呟いた。

七

「姉ちゃん」

洗い上げた皿を拭きながら、おりつはそばで青菜を洗っている姉に言った。

「どうしたんだろうね、あのひと」

「どうしたって?」

お島は悲鳴をあげるように言った。乙次郎は、あの後まだ姿を見せていない。あれから十日近く経っていた。

「あんな奴のこと、口にしないでおくれ。考えただけで腹が煮えるから」

「違うわ。お父っつぁんよ。この頃ぱったり来なくなったじゃないか」

「ああ、じいさんのこと」

お島は水を切った菜を、笊《ざる》に移しながら煩《わずら》わしげに言った。

「来なくて結構だよ。大方《おおかた》気がひけて来られなくなったんだろうよ。どいつもこいつもろくでなしばかりだ」

「気にならないの?」

「え?　どうしてさ」

「病気で寝てるんじゃないかと思って、心配なの」

「お前も相当にしつこいね」

お島は、また新しい菜を、桶《おけ》の水に沈めながら、呆れたようにおりつを見た。お島は襷《たすき》がけで、肉づきのいい二の腕まで剝き出しにしている。冷たい水のために、手は手首まで真赤だった。

「ほっときなって。そんなお前、簡単にくたばるようなしろものじゃないんだからね」

「乱暴ね」

「ああ、あたしは親だなどとこれっぽちも思っていないからね。ただの他人様《ひとさま》より、もっと気持が離れている」

「……………」

「おや、気に入らないようだね。涙なんか出しちゃって。前掛けで拭きな、布巾《ふきん》で拭いたりしないで」

「……………」

「そんなに気になるかね。自分じゃ親の味も知らないくせに」

「昼からちょっと行って、様子みて来ようかしら。行ってもいい」

「勝手におし」

お島は邪険に言った。

「おぶさられたって知らないよ。あたしは引き受けないからね」

空は薄く曇っていた。町並みのあちこちに、近づく冬の先触れが蹲っているように、微かな冷えが空気に混じっている。それでも森下町の卯助が住む裏店に着いたとき、おりつは額に薄く汗をかいていた。おりつの足でも、横川町からここまでたっぷり半刻《はんとき》かかる。

昼に見ると、一層貧しげな裏店だった。どの家も固く戸を閉じていたが、軒は傾き、戸の割れた後はそのままぱっくりと口を開き、入口の横には古びた木箱、束ねた襤褸《ぼろ》、得体《えたい》の知れない欠けた瀬戸物などが、乱雑に積重ねてある。午後の白い光が寒寒とそれらを照らし、無人の裏店のように子供の声も聞えなかった。

水音がして、おりつは井戸の陰に人が蹲って洗い物をしているのに気づいた。近づくと四十過ぎに見える肥った女がいた。肩に大きな継ぎあてをした粗末な綿入れを着ている。

「何か用かい」

おりつを見ると、女は肌の黒い、丸い鼻をした顔を向けて、無愛想に言った。

「卯助さんの家はどこでしょう」

とおりつは訊《き》いた。この前の夜、卯助が家を出入りしたのを見た筈だが、いま同じような灰色の戸を並べている裏店を見ると、どこがその家か解らなかった。

「そんな人いませんよ」

女は眼を盥《たらい》の中の洗い物に戻した。

「いないんですか」

おりつは眼を瞠った。

「どこか家を間違えてんじゃないかね」

「あのー、六十ぐらいのおじいさんで、いつも杖をついて歩く人ですけど」

「ああ、あのじいさんのこと。へえ、卯助っていうのかい」

女は初めて手を休めておりつを見た。

「名前なんか聞いたこともないもんだからね。それに、誰か若い人でも訪ねてきたかと思ったもんでね。じいさんの家なら……」

女は濡れた指を挙げて、その家を指した。

「あそこだよ。風邪ひいて寝込んじゃってるよ」

戸を開くと、敷居に鋭く軋む音が起こって、おりつにこの前の夜を思い出させた。同時に嗅ぎ馴れた匂いが鼻を衝いた。声を掛けたが答がないので、おりつは茶の間に上った。薄い布団にくるまって、卯助が寝ていた。長火鉢はあったが、茶簞笥《ちやだんす》もない殺風景な部屋だった。燻《いぶ》したように茶色い格子窓の障子から、暗い光が部屋に射し込み、芋虫のように丸くなっている卯助の寝姿と、けば立った畳を照らしている。

枕もとに、丸い盆に椀と箸、小皿が乗って、椀に飯粒がこびりついているのは、裏店の誰かが病人の世話をしているものらしかった。卯助は口を開いて、仰向けに眠っていた。歯の抜けた口が黒い穴のように開き、頰はくぼんで卯助は死人のように見えたが、耳を近づけて聴くと、呼吸は穏やかだった。風邪は癒えかけているのか、そうひどくはないようだった。

おりつは台所に行ってみた。米も味噌もあり、炭もあった。お金をどうしているのかしら、とおりつは思ったが、その詮索はおりつの手に余るようだった。店に来たときの酒の飲みっぷりから考えて、卯助が金を持っているとは考えられなかった。姉の話のように、いまも博奕をしているのかとも思ったが、卯助のような年寄りが、賭場に出入りするものかどうかも解らなかった。

部屋に戻ると、卯助は何も知らずに眠っていた。無残な寝顔が、長い人生の旅に疲れて行き倒れている者のように見えて、おりつは胸が熱くなった。火鉢を調べると、炭火は消えていたが、かざした掌に仄《ほの》かな灰のぬくもりが移った。やはり誰かがこの病人の世話をしているのだった。

火を起こして火鉢に活《い》けると、おりつは帯にはさんだ財布を確かめてから、外に出た。

青物と魚を買って裏店に戻ると、さっきの女が、軒下に縄を張って洗った物を干しているところだった。

「あの、お聞きしますけど」

「何だね」

女はやはり無愛想に、物干す手を休めないで言った。

「卯助さんは一人暮らしなんでしょ？」

「そうだよ。ひとりぼっちさね、あの年でね」

「誰かお世話してくれたんでしょうか」

「ああ、店《たな》の者がね。誰ってこともないけど、ま、かわるがわるね。ひとりで風邪ひいてちゃ可哀そうだからねえ」

「ふだん何して食べてんですか、あのひと」

「さあ、どっかの番人をしてるって言ってるね。どこか知らないけどさ。病気さえしなきゃ毎日出かけてるねえ」

女は不意におりつをじっと見た。

「あんたは、ナニですか、卯助さんとどういう？　まさか親戚とかいうんじゃないだろうね」

親がむかし卯助と知り合いだった、と言っておりつは女の眼を振り切った。

家に戻ると、卯助は同じ姿勢でまだ眠っていた。炭火のために、部屋がいくらか温かくなっている。おりつは火鉢に手をかざして、冷えた指を温めたが、気がついて卯助の額にさわってみた。額はさほど熱くはなかった。

「ああ」

不意に声がした。卯助が眼を開いている。おりつは慌てて掌を離した。

「眼が覚めました？」

ああ、と卯助はまた喉に絡んだ声を出した。卯助の眼は瞬きもしないでおりつを見ている。

「解りますか。あたしです」

おりつがいうと、卯助は低く唸った。

「夜のご飯をつくりますから、待っていて下さい」

とおりつは言った。姉の家を出たのが八ツになろうとする頃で、いまは時刻はもう七ツ頃だろうと思われた。日足が短くなっている。家までの道のりを考えると、おりつは急に気ぜわしい気分になり、いそいで台所に立った。

飯を炊き、魚を焼き味噌汁を作りながら、おりつは、さっき女が言った「番人をしている」という言葉をしきりに考えていた。だが世間にうといおりつの頭には、番人をしている卯助のどのような姿も浮んで来なかった。ただ卯助が、何がしか暮らしの足しになる稼ぎをしているらしいことは、いくらかおりつを安堵させた。

飯の支度ができ上ったとき、おりつは手もとに暗がりがまといついているのに気づいた。日が暮れようとしていた。裏店の人たちが、卯助の面倒をみていると、さっきの女は言っていたが、この時刻になっても、誰かがこの家にやって来る気配はなかった。裏店はやはりしんとして物音がない。

行燈に灯を入れ、背後から卯助を抱き起こして食事をさせた。卯助の躰はひどく匂った。背から、綿のはみ出た綿入れをはおらせると、綿入れも垢じみて臭かった。

「今度来たときに洗ってやる」

おりつは言ったが、卯助はおりつを見ようともせず、熱い味噌汁を啜っている。鼻を襲う臭気はおりつを辟易《へきえき》させた。だがそのために卯助を疎《うと》む気持はなく、哀れみが募った。卯助がいっしんにものを食べているのに、おりつは満足した。

卯助が食べ終るのを待って、もとのように寝かせ、おりつは盆にのせたものを持って立ち上った。台所に入ろうとしたとき、不意に背後で声がした。

「おめえが、おりつかい」

「え、そうよ」

おりつは撃たれたように振り向いて答えた。もっと何か言うかと思って、おりつは耳を澄ましたが、卯助は仰向いて眼を閉じ、そのまま大きな欠伸をしただけだった。

静かにおりつは台所に入った。水を汲んで半ば手探りで椀や箸を洗いながら、おりつは眼に涙が膨れ上るのを感じた。唇が顫えそうになるのを、歯で嚙みしめた。今日初めて、父親に声をかけられたのだ、と思った。すると涙はさらに溢れてくるようだった。

後片付けを済ますと、おりつは言った。

「あと何か用はない?」

卯助は眼を開いたが、不明瞭な低い唸り声を出しただけだった。

行燈の灯を吹き消すと、部屋は闇に包まれた。

「また来るからね」

おりつは闇に向って言ったが、卯助の声はなかった。

町は暗く、冷たかった。だがあちこちにまだ開いている店があって、その前だけが路の上まで明かるい光をこぼしている。道をいそぎながら、おりつは卯助のことを考えていた。おりつか、と聞いた声はしゃがれていたが、意外に歯切れがいい伝法《でんぽう》な口調だった。あれがあたしの父親なのだ、とおりつは思った。すると父親というものが、なぜか悲しいもののように思えてくるのだった。おりつの眼の裏には、薄い掻巻《かいまき》にくるまって、蓑虫《みのむし》のように、闇の中に丸くなって寝ている年寄りの姿が浮んでくる。

——あれがお父っつぁんなんだ——

と思った。

背後の足音に気づいたのは、清水町を過ぎて、新坂町と御用屋敷の境目に来たときである。不意におりつは、内臓を素手で摑まれたような恐怖に襲われた。足音は、南割下水沿いに武家屋敷の並びをはずれ、三笠町にかかったあたりから、ここまでずっと二間ほど後に聞えていたのである。そのことに、いま初めて気づいたのだった。

走り出したおりつの背後で、足音が跳躍した。狂暴な力が腕を摑み、叫ぼうとした口をすばやく手が塞ぎ、闇に抱き取られたように、おりつの躰は突然宙に担ぎ上げられていた。

八

五軒ほど右手に青物屋がある。閉めるのが遅いその店先の灯明りの中に、卯助の姿が浮び上るのをお島は店の前に立って見た。卯助の姿は、ゆっくり店の前を横切って、今度は手前の闇に沈んだ。

年寄りの足が遅いのに、お島はいらいらした。

「さ、お入りよ」

漸く卯助が現われると、お島は手を引いて店の中に入れた。中にいて、所在なげに板場のそばに立っていた牧蔵が、すばやく寄ってきた。

「そっちの方にも、何の便りもないんだね」

卯助をいつもの場所に坐らせると、お島はすぐに聞いた。牧蔵も眼を光らせて卯助を見た。

おりつが姿を消してから、今夜が三晩目だった。最初の夜、夜が更けてもおりつが帰って来なかったときお島は、あの馬鹿が、と思って寝てしまった。おりつが卯助の家に泊ったと思ったのである。しかし次の日の昼になっても、おりつが姿を現わさなかったとき、お島は初めて心配になった。一度心配になると、異様に胸が騒いで、じっとしていられなくなったが、お島は卯助の住んでいる場所を聞いていない。牧蔵が働いている伊勢崎町の大工を、お島は訪ねて行った。

親方に無理を言い、牧蔵に卯助の家まで連れて行ってもらったが、卯助はまだ寝ていた。床の中で卯助は、おりつは昨夜帰ったと言った。

「まさかあの子まで売り飛ばしたんじゃないだろうね」

お島は思わずカッとして悪態をついたが、卯助を責めてもどうなるものでもなかった。店へ帰ると、牧蔵に付き添ってもらって、町内の自身番に届けた。自身番に詰めている書役《かきやく》は親切そうな老人で、夕方には保太《やすた》という三十ぐらいの岡っ引を差し向けてきた。保太は口の重そうな男だったが、聞くことは手落ちなく聞いて帰った。しかしそれっきりである。

昨夜も今夜も、お島は店を開くには開いたが、常連の客に「おりつちゃんはどうしたい」などと聞かれるたびに、胸が締めつけられるように痛んだ。お島は少しでも手が空くと、店の前に出て夜の道を窺っていたのである。卯助は漸く風邪が癒えたらしく、今夜初めて店に顔を見せたのだった。

お島の激しい口調に、卯助は驚いたようにお島の顔を見たが、黙って首を振った。僅かに溜息に似た声を喉の奥に鳴らしただけである。お島と牧蔵は落胆した顔を見合わせた。

「もう少ししたら、また自身番に行ってみる」

と牧蔵は言った。牧蔵は眠っていないらしく、顔色は蒼ざめ、充血した眼をしている。

「お願いだよ。だけど、あんたも疲れているようだねえ」

とお島は言ったが、卯助に眼を移すと、その声はたちまち尖《とが》った。

「何だよ、その顔は」

卯助は一度坐った腰を浮せて、板場の方をいっしんに覗く眼になっている。お島の声にも振り向かなかった。

「情けないねえ。自分の子供が行方《ゆくえ》がわからないというのに、やっぱり飲みたいのかい。人間そこまでボケるもんかねえ。いやだ、いやだ」

お島は文句を言いながら、酒を運ぶために板場に行った。客は四、五人しかいない。淋しかった。頼りにもならないが、卯助がそこにいるだけでもいいと思い直したのである。

酒が運ばれると、卯助は嬉しそうに手を揉《も》んだ。慎重に銚子を傾けて盃を満たすと、一息に飲んだ。卯助は眼を閉じ、喉の奥を満足そうに鳴らした。

「じゃ、ちょっと行って来る」

牧蔵が言って卯助の脇から立ち上った。

「済まないね」とお島は言ったが、ふと妬《ねた》ましい気がした。牧蔵の思いつめた蒼い顔を見ると、この若者がおりつに注いでいる思いの深さが解る気がするのである。

――あたしには、そういう人はいなかった――

そう思いながら、お島は牧蔵の高い背に、もう一度「済まないね、牧さん」と声をかけた。

だが、牧蔵の足は入口で不意に止った。

戸が外から開いた。戸は開かれたままで、しばらく冷えた夜気を店の中に送り込んだが、そこからおりつが入ってきたのだった。

「おりつちゃん」

牧蔵は叫び、おりつに手を伸ばした。だが、おりつは怯えたように後にさがった。

「あたしに、触らないで」

おりつは囁《ささや》くように言った。おりつの髪は乱れ、顔は血の気を失い、頬は尖って面《おも》変《が》りして見えた。

恐ろしいものを見るように、お島はゆっくりおりつに近づいた。

「どうしたの、おりつ」

おりつは眼を瞠るようにしてお島を見た。それから恐ろしい力でお島の着物を掴むと、しぼるような声で泣き出した。

「愁嘆場《しゅうたんば》だな」

太い声がした。

いつの間にか店の中に乙次郎が立っていた。

「あんただったのかい」

お島はおりつを胸から引き剝がすと、突き刺すような声で言い、乙次郎の前に進んだ。お島には一瞬にして事情が呑みこめたのである。この男が、妹をかどわかして慰《もてあそ》んだのだ。

「おりつに、何をしたんだい。この人でなし」

「ありゃ可愛い女だぜ。暴れて手こずったがな」

乙次郎は平然と言い、お島の胸を指でつついた。

「女はもういいや。金をもらいに来たぜ」

お島の手が閃《ひらめ》いて、乙次郎の頰が鳴った。が、その手は苦もなく逆にひねりあげられて、お島は苦痛の声を挙げた。

「あま、俺を誰だと思っていやがる。蝮《まむし》と言われた男だぜ。欲しいものは必ず手に入れる男だ。おめえの腕をへし折るぐらいわけはねえ」

お島がまた悲鳴を挙げた。

「ちきしょう」

絶叫して牧蔵が、乙次郎に組みついた。だが乙次郎の動きには余裕があった。お島の躰を板場の方に突き飛ばすと、牧蔵をがっしり組みとめた。背丈は牧蔵の方が少し高い。だが乙次郎と組み合うと、細い躰だった。乙次郎は巧みに牧蔵を腰に乗せると、土間に叩きつけた。

一回転して牧蔵の躰は土間に落ちたが、すぐにはね起きて、乙次郎に向かって行った。

「しつこい野郎だ」

乙次郎は舌打ちすると、ぐいと牧蔵の右腕を抱え込み、逆手をとるようにして、飯台の方に引っ張って行く。牧蔵は一度はふんばったが、すぐに苦しげに眉をしかめて曳きずられた。

おう、という声が店の中に挙った。四、五人いた客は、突然始まった乱闘に、総立ちになったが、どう手出しをしたらいいか解らないままに、茫然と成行きを眺めていたのである。声は、乙次郎が懐から匕首《あいくち》を出し、片手で巧みに鞘《さや》をはずしたのを見たからだった。

乙次郎は抱え込んだ牧蔵の腕を飯台の上に乗せると、いきなり刃物を牧蔵の指の上にかざした。

「おい、お島。金を出しな」

乙次郎はさすがに息を切らした声で言った。

「出さねえと、この若造の指を切り離すぜ」

牧蔵が暴れた。すると樽の上に板を渡しただけの飯台が、がたがたと揺れた。

「野郎、切られたくなかったらじっとしてろい。おい、その親爺」

乙次郎はそっと入口の方に動こうとした客の一人を、すばやく見咎《みとが》めて威嚇《いかく》した。

「どこに行くつもりだい。人を呼んで来ようなんてのは悪い考えだぜ。命を粗末にしたくなかったら、そこに坐ってな」

乙次郎はまたお島に眼を戻した。

「どうした。金を出さねえってのなら、可哀そうだが、こいつは指一本なくすぜ」

「待っておくれ」

漸く立ち上ったお島が言った。突き飛ばされたとき打ったらしく、脇腹を押さえている。

「待てねえ」

乙次郎が咆《ほ》えた。兇悪な顔になっていた。乙次郎は牧蔵の腕を深く抱え直すと、右手の匕首を指にあてた。

突然瀬戸物が割れる音が、静かな店の中に響いた。卯助が立ち上っていた。卯助の右手には、底が欠けて鋭い割れ口を見せている銚子が握られている。

不思議なものを見るように、乙次郎は近づいて来る卯助を眺めて声をかけた。

「どうかしたか、じいさん。これはお遊びじゃねえんだ。近寄ると怪我《けが》するぜ」

だが卯助はゆっくりした足の運びを止めなかった。二人に近づくと、足をひらき腰をためるように落として、銚子を逆手に持ち替えた。

「お父っつぁん、やめて」

お島が叫んだのと、乙次郎が牧蔵を突き離して、卯助に向き直ったのが同時だった。卯助はそのまま踏み込んでいた。乙次郎の振った匕首が卯助の肩先を切り裂いたが、卯助はしっかりと乙次郎の胴に片手を巻き、伸び上るようにして、その頸《くび》に底の欠けた銚子を叩き込んだ。ゆっくりした動きに見えたが、卯助の躰のこなしには、どこか確かな手順をふんでいるような、馴れた感じがあった。兇器は誤りなく乙次郎の頸を切り裂いていた。

わっと叫んで、乙次郎は卯助を突き飛ばすと、よろめいて羽目板に背からぶつかった。頸から信じられないほど大量の血が噴き出している。背を羽目板に凭《もた》せかけ、卯助を見つめながら乙次郎は頸に手をやったが、そのままずるずると土間にすべり落ちた。押さえた指の間から、血が盛り上り溢れるのが蠟燭の光の中でも見えた。

乙次郎の頭はがっくりと前に垂れ、足を長く前に伸ばして坐り込んだまま、一度大きく躰を震わせたあと、静かになった。

客の一人が自身番に走り、書役と岡っ引の保太が駈けつけたとき、店の中は元のままだった。保太は真直ぐ死人の前に進み、無造作に顎を持ち上げると、

「蝮の乙って男だ。悪い奴だ」

と呟いた。それから手を離して店の中を見廻して言った。

「殺したのはどいつだ」

卯助が立ち上った。保太は卯助の前に進むと、ぐいと袖口をまくり上げた。蠟燭の光に、青黒い二筋の入墨《いれずみ》が浮び上った。

「こいつは驚いた。前科《まえ》は何だいじいさん。盗みか？　掏摸《すり》か？」

保太は書役の老人に向って、

「あたしの手に余りますよ。すぐに河口の旦那に知らせなきゃならないが、その前にこのじいさんを連れて行きましょう」

と言った。

保太は客を帰し、お島たちには、店の中は人が来るまでこのままにして置け、と言った。それから卯助を振り返ると、

「じいさん。行くか。近いから縄は勘弁してやろう」

と言った。卯助は小さな声で「へい」と言った。

背をまるめて俯いた卯助が、二人の男にはさまれて闇に消えるのを、お島は見送った。そばで牧蔵に肩を抱かれたおりつが啜り泣いている。

「何にも言わないで行っちゃったよ」

お島が呟いた。

雁の声がした。空は曇ったままらしく、夜の町にぶ厚くかぶさっている雲の気配があった。雁の姿は見えなかった。

相模守は無害

一

気配に気づいたのは、大名小路を抜けて、虎《とら》の御門外《ごもんがい》の御用屋敷に帰る途中だった。

御門までの間に商家はなく、道の左右は大名屋敷の高い塀並びである。歩いている人間も多くはない。武士のほかに町人も少少いたが、疎《まば》らだった。その間から、何者かが自分を見ている。そんな気がしたのである。

明楽《あけら》箭《や》八郎《はちろう》は眉をひそめた。やや傾いた日が斜めに道と塀を染め、右側の松平安芸《あき》守《の》屋敷の塀の影が、道の半ばあたりまでせり出ている。

心当りはなかった。明方江戸に入り、呉服屋の大丸で百姓姿を捨て、侍に戻った。

城中に入り、探索の結果を若年寄に報告した。若年寄は、簡八郎に海坂《うなさか》藩探索を命じた内藤豊後守《ぶんごのかみ》信教が、すでに幕閣を退いていたが、増山河内守《かわちのかみ》正寧が報告を聞きとり、労をねぎらった。十四年におよんだ隠密《おんみつ》探索が終ったのである。

あとは休息が待っているだけの筈だった。深い疲労が簡八郎を把《とら》えている。それは遠い北の国から帰還した旅の疲れというよりも、その国で過した十四年の歳月の疲れのようだった。堆積した沈澱物のように、簡八郎はその疲労を感じている。この疲労のほかに残っているものはない筈だった。

だが、確かに見られていた。その感触は、死んだ父と一緒に昔信州の某藩を探ったとき、山道で狼に跟《つ》けられたときの無気味な感じに似ていた。

「振り向くな。気づかぬふりで歩け」

父の幸右エ門は、その時そう囁《ささや》いたが、簡八郎は、背筋がむず痒《がゆ》くなるような感触の中で、振り向きたい気持を押えるのに苦労したのだった。

その時の感触が、背後にあった。狼はほとんど足音をたてなかったが、時折り枯葉を踏んだ音や、体毛が道脇まで伸びた草の葉をこする音をたて、執拗《しつよう》な追跡を知らせたが、いま町の中で自分を把えている注視には、足音も草の葉のそよぎもなかった。執拗な眼だけが感じられた。恐らくその微かな気配を感じ取ったのは、簡八郎の疲労だったのだ。疲労のために、神経は常よりも鋭く繊細になっている。

外桜田の一帯は当然ながら辻番所が多い。大名屋敷がほとんどで、個個の屋敷にあらまし辻番所が附属している。

「恐れ入るが……」

箭八郎は、西尾隠岐守《おきのかみ》屋敷の塀を曲ったところで、辻番所に首を突っ込んだ。

「水を一杯振舞ってもらえまいか」

五十がらみの気難しそうな番人が、無言で突き出した柄杓《ひしやく》を受けながら、箭八郎は道に視線を走らせた。

城を退《さが》って来たらしい裃《かみしも》姿の武士が四、五人、大きな風呂敷包みを背負った町人、小僧に包みを持たせた商家の旦那風の男などが、箭八郎の横を通り過ぎた。だが誰も箭八郎を振り向いた者はいない。

水を飲み干して柄杓を返すと、箭八郎は歩き出した。背後の気配は消えている。そのことが、かえってさっきは確かに視られていたという感じを強めた。

虎の御門外の御用屋敷の中にある長屋に帰ると、箭八郎は呆然と部屋の中に立竦《たちすく》んだ。

十四年前と変りない家具調度が、見覚えのある場所に納まっている。畳だけは最近替えたようだが、部屋の中に微かにものの黴《かび》る匂いが漂い、母親の加音《かね》の姿が見えないのが変ったといえばいえる程度である。加音は四年前に病いで死んだと、たったいま組頭《くみがしら》から聞いて来たばかりである。

箭八郎は仏壇を開き、そこに母親の位牌《いはい》があるのを確かめたが、すぐに茶の間に戻り、晩夏の光が、もの憂く畳を照らしている窓の下に横たわった。ひと月病んで死んだ、と組頭から聞いたとき、母親の孤独な死を思って、僅かな感傷が心を染めたが、すでに心は乾いていた。隠密という仕事は、いつも死を同伴している。明日知れぬ命を抱えて生きている身には、死に対する愕《おどろ》きは小さかった。

急速な睡気《ねむけ》が明楽箭八郎を襲い、袴も解かず横になったまま、箭八郎は引き込まれるように眠った。ここでは、何者も警戒する必要はないのだと、眠りに誘われながら思い、そう思うことで、眠りは一層深くなって行くようだった。

眼覚めたのは、微かな涼気を感じたからである。眼を開いて、障子にあたる光が色褪《あ》せ、日が暮れようとしているのを知ると、箭八郎は漸く起き上った。躰《からだ》の節節が痛み、疲労は、なお気怠《けだる》く四肢に溜っていたが、腹が空いている。眼が覚めたのは、そのせいもあるようだった。

箭八郎は立ち上って水屋に降りたが、すぐに当惑して佇んだ。水甕《みずがめ》は乾き、見馴れた米櫃《こめびつ》はあったが、蓋を開くと空だった。先ず御用屋敷の隅にある井戸から、水を汲んでくることから始めなければならないようだった。

箭八郎が水桶を手にして土間に降りようとしたとき、戸の隙間に人影が動いた。

「ごめんくだされませ」

訪れたのは女の声である。

箭八郎の胸が一瞬波立った。ひっそりしたその声は、妻の喜乃に似ていて、夫の帰還を知った妻が、出先から駆けつけてきたかのような幻覚に襲われたのである。

だがそんなことはあり得なかった。喜乃は十七年前に死んでいる。

戸を開けた箭八郎の前に、三十前後の、武家の妻女風の女が立っていて、箭八郎を見るとつつましく頭を下げた。

「興津の家の者でございます。このたびは長年のお勤め、ご苦労さまでございました」

「………」

興津というのは組内の家である。女はその家の妻女でもあろうか。頭を下げたものの、曖昧な表情でいる箭八郎に、女は微笑をむけた。

「このとおり、もはやばば様でございますゆえお忘れでしょうが、印南の家の勢津でございますよ」

「おう」

箭八郎は声を挙げ、表情を緩めた。

印南というのは、組内の印南重兵衛のことである。重兵衛は死んだ父の幸右エ門と昵懇《じっこん》の仲で、非番の日は、二人でしきりに烏鷺《うろ》を闘わせ倦きることがなかった。娘が三人もいて、勢津は末娘だった。父親の使いで、よく幸右エ門を呼びに来たことを憶えている。

顔色が悪く、手足の細い娘だった、と箭八郎は眼の前の勢津を見ながら思った。箭八郎が知らないところで流れた歳月が、勢津を別人のように変えていた。どこかにその面影を探そうと、箭八郎は勢津の上に視線を走らせたが、陶器のように艶がある頬、落ちついて澄む黒眸《くろめ》、頸《くび》筋から肩のあたりから、匂うような色気をまとった中年の女を見出しただけだった。

「美しい女子《おなご》になられた」

箭八郎は眼を逸らして嘆息した。

「昔の勢津どのとは思えん」

勢津は抱えていた風呂敷包みから右手を離すと、口を覆って羞じるように眼を笑わせた。

「重兵衛どのは達者か」

「年寄りましたが、元気でおりまする」

実は父の言いつけできた、と勢津は言った。明楽は帰ってきたが、一人きりで当惑しておろう。当分飯の支度をしてやれと重兵衛が言ったという。外から手軽に人を雇うことが出来ない組内では、相互に不便を助け合う習慣がある。

「それはかたじけないが……」

箭八郎は怪訝《けげん》な顔になった。

「そなたはいま興津の家の者。そう手軽には参るまい。そうして頂くとなれば、興津の家にご挨拶せねばなるまい」

「家には十二になる娘がひとりいるだけでございますよ」

勢津の顔を、一瞬暗い影が掠めた。

「いまは後家《ごけ》でございます」

それではよけいに組内の眼が憚《はばか》られよう、と言おうとして箭八郎は沈黙し、勢津を家の中に通すために躰をあけた。

勢津の夫が何で死んだかは知らない。だが自分も孤独なら勢津も孤独のようだった。それだけではない。薄闇が訪れ、その中に苛酷な使命に生きる家家が軒を沈めようとしている。ある家には非命に斃《たお》れた者があり、ある家には隠密探索に出たまままだに帰らないものがいる。箭八郎の眼に、ひっそりしたたたずまいの家家が満身創痍《そうい》に見えてきた。重兵衛の好意の中には、そういうことが解っていて、その上で箭八郎を含めた組に対する労《いたわ》りがある気もしたのだった。

「茶を召し上れ」

行燈《あんどん》の脇に所在なく坐っていると、勢津が茶を運んできて言った。

香ばしい炊飯の匂いが家の中に漂い、灯火は明るかった。父母がいて、妻が生きていた遠い昔が戻ってきているようだった。そうしたのは勢津である。

勢津は家の中に入ると、水を汲み、持参した米を磨《と》ぎ菜を刻んだ。行燈に、これも持参した油を入れ、竈《かまど》に火を焚きつけて、板の間を拭き掃除した。隙間のない働きぶりだった。

私もお相伴《しょうばん》します、と言って茶を啜りながら、勢津が笑いかけた。

「空腹でございましょう。間もなく出来ますゆえ」

「いや、かたじけない。思いがけぬご雑作をかける。しかし……」

箭八郎は勢津の顔をしげしげと見た。

「手際がようござるな。女子はみなこうしたものかな」

「印南の家が人数が多うございましたので、子供の時分から仕込まれました」

「興津どのに嫁入られたのは、いつ頃のことかの」

「十六の年でございます」

勢津は遠いものを見るような眼をした。

「あなた様が遠いところに行かれたと聞いた翌年でございますよ」

「拙者が帰ってくるまでの年月に、勢津どのは子をもうけられ、連れ合いを亡くされたか」

「そして、このように老けました」

勢津は口に掌をあて、眼を伏せて笑った。

「興津どのは何で亡くなられた？」

「ご命令があって、南の国に入ったと知らせがあって、二年目に組頭さまに呼ばれ、もう戻らぬと言われました。八年前のことでございます」

箭八郎は黙って茶碗をとり上げた。月並みな同情の言葉は出なかった。それがこの御用屋敷の中に住む者たちの宿命なのである。

勢津も殊更な嘆きを見せなかった。さりげなく腰を上げて、台所に立って行った。

二

箭八郎は御用屋敷を出た。

ひと月ぶりだった。このひと月、ぼんやりと家に閉じ籠って過している。その間、晴れた日は狭い庭に降りて、伸び放題にはびこっている草を抜いたり、母が生きている頃に丹精したらしい菊の株をいじったりもしたが、大方は部屋の中にごろ寝していた。八月の日射しはまだ暑く、日に焼かれて閉口して家の中に戻れば、中も畳が熱かった。

その熱い畳の上に、昼も眠った。いくら眠っても回復しない疲れが躰の中にあった。

昨夜、雨が降った。久しぶりに市中を歩いてみる気になったのは、雨の後の空が紛れもない秋の色をしているのに誘われたのである。

御用屋敷を出て、どちらに行こうかと迷ったが、すぐに心が決まって、御厩《おうまや》の前を通りすぎ、濠《ほり》沿いに東へ歩くと土橋を渡った。海坂藩江戸屋敷を見に行こうと思ったのである。海坂藩に九年、その支藩山鳥領に五年、箭八郎は身分を隠して潜んだ。見に行こうとしている江戸屋敷は、終った孤独で長い仕事につながっている。

当分は非番の許しが出ていた。それを伝えた組頭は、増山様から特にご沙汰があったと言った。若年寄は箭八郎の長年にわたる探索を犒《ねぎら》ったのである。

箭八郎は山下町から真直ぐ東に歩く。やがて尾張町の繁華な人通りに出たが、そこを横切って一之橋を渡った。このあたりから、左右はまた大名屋敷、武家屋敷が塀を連ねる。箭八郎はさらに堀割を東に渡った。

四方を堀割に囲まれたその一角は、巽《たつみ》の方角に西本願寺の高い甍《いらか》が見え、武家屋敷、大名屋敷続きで、人通りも多くない。

海坂藩上屋敷前を、箭八郎はゆっくり通り過ぎた。笠を上げて屋敷を眺めたが、閉ざされた門扉《もんぴ》を秋の白い日射しが洗っているだけであった。

堀割に沿って歩き、さらに橋を二つ渡って鉄炮洲《てつぽうず》まで出、佃島《つくだじま》を見、海を見た。海を渡って来る風が秋の涼気を含んでいる。

不意に心急ぐ気持になって腰を上げたのは、遠い海に落ちる日射しが、ひとときらめいたあと急速に光を消したのを見たときだった。勢津が来る時刻だと思ったのである。

勢津は日暮れにきて、手早く箭八郎の食事の世話をし、朝の米を磨いで帰って行く。時には箭八郎が身につけた汚れ物を持ち帰り、洗って持ってくることもある。

初めはさすがに勢津の世話をうけるのが心苦しく、印南重兵衛に挨拶に行ったとき、それとなく遠慮したいと匂わせたことがある。

「遠慮も気遣いも無用だな」

重兵衛はあっさりと言った。十四年ぶりに見る重兵衛は、ひと廻り小さくなった感じに老けていたが、無表情でそっけない応対は昔のままだった。

「そういう気遣いは若い者のすることだな。おぬしも勢津も若くはない」

「それはおっしゃる通りながら……」

箭八郎は僅かに赤面した。勢津の美しさに拘泥《こだわ》った気持を見抜かれた気がしたのである。

「組内の眼もいかがかと思いましたので」

「なに、組頭には話してある。それに、これは言うつもりもなかったが、おぬしの母御が病いで臥《ふ》せられたとき、実は勢津が世話した。あれが死に水をとった」

「………」

箭八郎は眼を光らせ、やがてゆっくりうなずいた。勢津に対する遠慮が一度に消え、かわりに身内に対するような安堵に似た気分が生れて来るのを感じたのである。

そのことに勢津が少しも触れようとしなかったことも、箭八郎をある感慨に誘った。

「そういうわけで、あれはおぬしの家のことなら万事のみこんでいる。おぬしの世話は自分でなければ出来ないと思い込んでおる。女子というものは利口なようでもそういうたわけたところがあるものでな。もしも何だ、よその家の若い娘でもおぬしの世話をする、などということになったら、あれは腹を立てるだろうて。いやいや、べつにおぬしに気があるということではないぞ。それとは別に、女子には奇妙なところがあるという話だ」

箭八郎は苦笑した。

「女中がわりに使われるとよろしい。別に先に望みがあるでもない後家だ。おぬしの家の世話をするのも張り合いということだろう」

「それではお言葉に甘えて差支えござらんか」

「一向に構わんな。ただし、おぬしに妻帯する気持があれば別だ。そうなれば、あれが出入りしては迷惑になろう」

箭八郎は首を振った。その気持は全くなかった。

勢津が後家であるように、箭八郎も一度妻帯し、その妻を喪《うしな》っている。蒼白い肌を持ち、口数も少なく陰気だった妻は、夫婦になって二月《ふたつき》後に、箭八郎が父と一緒に信州の或る藩を探りに行った留守に自殺した。

隠密は、表向きは江戸城内吹上御庭および内庭を監視するお庭番として勤めるが、一たん中奥と大奥にあるお駕籠《かご》台下に呼ばれ、秘命を受けると、そこから呉服商大丸に直行し、家へは寄らずに変装して旅立つ。

若い妻が、なぜ自殺したかは不明である。母の加音の話によれば、喜乃といったその妻は、箭八郎が家に戻らなくなった日から、日日陰鬱な表情になり、躰も痩せて、ある夜自害したという。隠密という仕事を、家代代の生業《なりわい》とも使命ともする、苛酷な家柄に、喜乃は耐え得なかったと考えるしかなかった。

夫婦らしい語らいをした記憶も乏しく、夫婦という形にさえ、やっと馴染んできたばかりの時に突然妻を喪って、箭八郎は衝撃をうけたが、どことなく影の薄かった妻を哀れむ気持は、むしろ死後しばらく経ってから募った。

ある時、父母の名代《みようだい》で、愛宕《あたご》下の檀家寺を夫婦で訪れたことがある。墓参を終って、境内の茶屋でひと休みした。茶をもらい、餅菓子を食べた。どういう話をしたか、その記憶は脱落しているが、その時何かの話をしていて箭八郎を振り向いて、不意に笑顔をみせた喜乃の表情が鮮やかに思い出されたりした。思いがけない華やかな笑顔だった。

家の中での喜乃は、寡黙で必要以上に小さな声で話し、笑うこともなかった。それだけに、茶屋の縁台にかけていて、不意に箭八郎を見て笑った喜乃のチラとのぞいた歯、透けるように白い頸、あわてて手で口をおさえ、それでもまだ可笑しいとみえて肩で笑ったしぐさなどが思い出され、箭八郎はそのとき何を言って喜乃を笑わせたかが思い出せないのがもどかしかった。喜乃の歯にはつややかに鉄漿《かね》が光り、喜乃が箭八郎の妻であることを示していたのだ。

死んだ妻に対する哀れみは、年月とともにやや薄らいだが、次に体験した十四年の長い隠密の仕事の苛酷さも、箭八郎から妻帯の気持を失わせていた。妻子持ちのする仕事ではない、と端的にそう思うのである。孤独な仕事には、孤独な境涯がふさわしい。

重兵衛に妻帯云云《うんぬん》と言われたとき、そう思った気持に嘘はなかったのだが、日が落ちるのを見て、さながら懐かしいもののように勢津を思い出したのはどういうことだろうか。

鉄炮洲を抜け、再び中川修理大夫《しゅうりだいぶ》屋敷横の橋を渡りながら、箭八郎はふとそう思い、微かに眉をひそめた。

勢津は日暮れの一刻《ひととき》、箭八郎の家に現われ、いそがしく立ち働いて去って行くだけである。その間言葉をかわすこともあるが、ほとんど無言で過ぎる日もある。その間勢津は気配にも狎《な》れ親しむ風をみせないし、箭八郎も勢津がすることを有難いと思う気持とは別に、何となく窮屈な一刻を過すのである。かりそめの縁《えにし》に過ぎないと思っていた日日の中に、意外に厄介なものが育っていたようだった。

首を振って箭八郎は眼を挙げたが、速めようとした足が不意にそこに釘づけになった。そこは高い塀をめぐらせた海坂藩上屋敷の手前で、屋敷の門前が人混みしている。

国元から人が着いたという情景で、慌《あわただ》しく人が出入りし、馬が三頭おり、背が高く、笠をかぶった中年の武士が、馬から荷をおろしている者たちに指図している。指示を終ると、武士は笠をとり、額の汗を拭いて門を入った。

箭八郎の眼が、静かに見開かれ、そのまま武士とその連れが入った門の奥に吸いつけられた。

決して見る筈がない男を、箭八郎は今そこに見たのである。男は奥州海坂藩家老神山相模守《さがみのかみ》の嫡子神山彦五郎であった。この年の春、神山相模守は藩政を乱した廉《かど》で失脚、蟄居《ちっきょ》を命ぜられ、相模守に加担して神山党と呼ばれた一味はそれぞれ処分をうけ、藩政から遠ざけられた。そのとき組頭の職にあった彦五郎秀明も勿論失脚している。

箭八郎はそこまでを見届けて、十四年潜入していた海坂領を脱け、江戸に帰ってきたのであった。

三

「茶を淹《い》れなおしましたが、召し上りませぬか」

勢津の声に、箭八郎はおどろいて眼を挙げ、腕組みを解いた。台所で音もしなくなり、勢津はもう帰ったように考えていたのである。そう言えば帰りの挨拶を聞かなかった、と思った。沈思は深かったようである。

「や、かたじけない。頂こうか」

「なにかご心配ごとでも」

茶碗を差し出しながら、勢津の眼が深深と顔を覗《のぞ》きこんできたのを、箭八郎は微笑でそらした。

勢津は向きあって坐り、膝に手を置いたまま、真直ぐ箭八郎の眼を視ている。表情が曇っている。やむを得ず箭八郎は言った。

「さよう。少少合点ゆかぬことが出て参った」

「お勤め向きのことでございますか」

「さよう」

言ったが、さっき海坂藩上屋敷の門前で目撃した光景も、そこから触発された深い疑惑も、勢津に話すわけにはいかないと思った。

「お勤め向きのことなら、おうかがい致しませぬ」

勢津は膝の上で赤い襷《たすき》をまるめながら、うつむいて言い、腰を浮かせた。

「そなたも、茶を一服いかがじゃな」

「いえ、子供が待っておりましょうから」

勢津は不意にそっけなく言い、それではお休みなされませと言って立ち上った。

勢津が帰ると間もなく、箭八郎は床をのべて横になったが、眼は冴えるばかりだった。

十四年前、若年寄内藤豊後守が箭八郎に命じた海坂藩探索の内容は、次のようなものであった。

ひとつは、ただいま百姓一揆が起きている海坂藩の支藩山鳥領の始終を見届けること、とくに藩主神山相模守教宗の始末を見届けること。一揆が暴発して、相模守が自裁するような結果になれば、探索はそこで打ち切って引き揚げて来てよい。

次には、もし本藩の神山右京亮《うきようのすけ》が、弟相模守を援護し、あるいは相模守を本藩に引き取り相当の身分を与える場合が考えられる。その時はひき続き海坂藩に行って探索を続け、相模守の動静を探ること。とくに右京亮嫡子新七頼保および夫人廉姫の身分に、何らかの危害が及ぶと判断したときは、極力これを防ぐ工作をなすこと。その場合藩内の相当の身分の者たちに近づき幕府隠密の身分を明かすことも止むを得ない処置として認める。相模守が海坂藩にとって、一切無害であると判断した時、帰城報告する。

「要するに……」

豊後守は補足して言った。

「神山相模守という人物は、元来海坂藩の腫物《はれもの》ともいうべき人物でな。ところが、右京亮はその弟を溺愛しておる」

豊後守は、命令する者の威厳を、瞬時とりはずしたように舌打ちした。

「海坂は小藩といえども三河以来の譜代。言うまでもないが、廉姫は将軍家の縁につながるお方だ。相模守から眼を離すわけにはいかんのだ」

箭八郎は単身先ず山鳥領に潜入した。そこで信じられない暴政を見た。百姓の血を絞り取るように年貢を取り立て、頻繁に普請、作事を営み人夫を差し出させる、野で働いている女を城内に攫《さら》うという大時代《おおじだい》な苛政の下で領内の百姓は喘《あえ》いでいた。江戸に訴え出ようとした試みはすべて潰され、小規模の一揆が頻発したが、それも根こそぎ潰された。

だが箭八郎が山鳥領に入って五年目に、ついに大一揆が起り、鍬《くわ》、鎌をふりかざした百姓の大群が山鳥領を囲み、蝗《いなご》のように城壁を攀《よ》じのぼって城を陥《おと》した。城兵の半分が撲《ぶ》ち殺され、相模守は辛うじて遁《のが》れて海坂藩に奔《はし》ったが、幕府に政治不行届を咎《とが》められ、領地没収の処置を受けた。

箭八郎は海坂領に移った。右京亮親慶は、果して相模守を手厚く保護しただけでなく、藩内の一部に根強くある反対を圧《おさ》えて、やがて家老職に据えた。

箭八郎が、内藤豊後守の読みの深さに驚嘆したのは、さらにその七年後である。藩内に激しい抗争があることを耳にして城内を探った結果、箭八郎は相模守が世子《せいし》新七頼保を廃して、己れの三男満之助俊方を後嗣《こうし》に立てようとする陰謀をすすめていることを知ったのである。この陰謀を進めるために、相模守は神山党と称《とな》える徒党をつくりあげ、その実力を背景に藩政を壟断《ろうだん》しつつあった。

勿論相模守のそうした動きに反撥し、あるいは深い疑惑を持って見守る重臣もいたが、藩主右京亮との間はもちろん、それぞれ寄合って相談する程度の動きすらも、相模守の手によってことごとく潰された。そして右京亮は相模守に藩政をまかせ、進められている陰謀には全く気付いていないようだった。

最悪の事態が箭八郎の眼の前で進行しつつあった。箭八郎が単純な探索から激しい行動に移ったのはそれからである。

箭八郎は、先ず相模守が海坂藩に来るまでに筆頭家老の地位にいた、堀口土佐に会った。土佐が挙げた他の重臣との連絡をとり、反神山派をつくり上げることに成功した。正統派の会合の場所を斡旋《あつせん》したり、神山党の動きを探ったり箭八郎は精力的に動いた。その動きの中で、ある夜相模守の屋敷に忍んだとき、偶然に満之助俊方本人が、父や兄の進めている陰謀に反対していることを知ったのは収穫であった。

堀口土佐以下の正統派の重臣十四名が、総登城して藩主右京亮に会ったのは、今年の春である。土佐は衣服の下に白衣を着ていた。相模守を、頭から信用している右京亮が、素直に建白書の内容を受け入れるとは思われなかった。激怒し、重い処分が下ることが予想された。その時は藩主の前で腹を切るつもりだったのである。

だが結果は意外だった。その日神山党の妨害は全くなく、むしろ機嫌よく土佐たちに会った右京亮は、建白書を受け入れただけでなく、土佐たちの忠誠を犒《ねぎら》う言葉さえ口にしたのである。

表面化することなく、お家騒動は終熄《しゅうそく》し、箭八郎はなお三月《みつき》海坂領にいて、神山相模守以下が処分されるのを確かめてから漸く帰国した。

だが、江戸屋敷に相模守の長男彦五郎の姿を見たのはどういうことだろうか。

箭八郎の疑惑は尽きなかった。彦五郎秀明は、神山党の断罪の中で領外追放を命ぜられている。断じて江戸屋敷の門を潜ることが出来る人間ではない。

だが彦五郎は現実に十数人の供を従え、立派な身装《みなり》で、海坂藩江戸屋敷に姿を現わしている。江戸屋敷を探れば、恐らく事情はもっとはっきりするだろう、と思いながら箭八郎は一方で確信に似た結論を思い描いていた。

——神山相模守の復帰しかない——

相模守は恐らく藩政に復帰したのだ。どうしてそれが可能だったかは解らない。どこに春に行なわれた神山党の断罪を覆すような原因がひそんでいたのか。

推測の中で、箭八郎は正統派の中心である堀口土佐が、はじめから相模守と手を組んでいたのではないか、とさえ思った。だが、この推測には無理があった。春の重臣総登城のとき、土佐は屋敷を出るとき、ひそかに家の者と水盃《みずさかずき》を交している。そして何よりも、土佐は逆臣と呼ばれるような企てに加担するような人柄ではない。そしてまた相模守の陰謀に加担して土佐が得る利益は、その陰謀を阻止して藩を建て直したときの利益を上廻ることはないのだ。

——土佐は失脚したのだ——

悪くすれば腹を切っているかも知れない。箭八郎は小さく呻き、寝返りを打った。寝つかれなかった。若年寄増山河内守にした報告が躰を火照《ほて》らせる。海坂藩のこと終る。そう報告し、あとは情勢が変ったらしいと見ぬふりをしていいか。どこかに見落していることはないか。

箭八郎が、また寝返りを打ったとき、忍びやかに戸を叩く音がした。その音は微かで、隣家かと疑ったが、澄ました耳に、また紛れもない音を聞いた。

すでに深夜である。立つときに床の間から小刀を摑んで土間に降りると、箭八郎は用心深く声をかけた。

「どなたか」

答はなく、戸が外から開いて人影が滑り込むと、倒れかかるように箭八郎にしがみついた。噎《む》せるような女の香が箭八郎を包んだ。闇の中だが、その香りは解った。その香りに、箭八郎はいつの間にか馴染んでいる。

「勢津どの。いかが致した？」

重くもたれかかる躰を抱きとめながら、箭八郎は囁いた。とっさに勢津の家に何か異変が起きたかと思ったのである。

「ああ、おられたのですね」

と勢津が言った。

「あなた様が、どこか遠くに行かれて――もうこの家におられないような気がしたものですから」

勢津は乱れた口調で言った。勢津の躰はひどく顫《ふる》え、力を失って、箭八郎が支えなければそこに崩れ落ちるかと思われた。

「大胆なことをされる」

女の躰を畳の上に引き上げながら、箭八郎は低声で叱った。

「人に見咎められたら、何とする」

勢津の躰は抵抗もなく、箭八郎に抱きかかえられたまま、よろめいて畳を踏んだ。

「灯りをつけよう」

坐ると箭八郎は言った。すると腕の中の勢津の躰が不意に硬くなった。

「灯をつけてはいけませせぬ」

怯《おび》えた声で言い、勢津は箭八郎の胸にもぐり込むように、ひたと頰をよせた。

「お願いでございます。このまま、しばらく抱いて下さりませ」

勢津の躰は、まだ小刻みに顫え続けている。箭八郎はその背を深く抱き込んだ。豊かな肉感と温かみが、次第に全身に溶け込んでくるのを、箭八郎は頭が熱くなる感覚の中で捉えていた。異様なことが運ばれているという気持は少しもなく、女の躰の香、肉の手応えがすでに知り尽しているもののように感じられる。箭八郎は、抱いている腕に僅かに力をこめ、顔を近づけて深く髪の香を嗅いだ。

やがて勢津が顔を離し、静かに箭八郎の胸から躰をひいた。闇の中で、二人はしばらく沈黙した。

「おさげすみでございましょう」

勢津が打ちひしがれた声で言った。

「いや、さげすみなどせぬ」

「でも、私。考えもなく取乱してしまい……」

「………」

「あなた様のご様子が心配でならなかったものですから。それにしても私――何をしたのでございましょう」

「気遣われるな」

「私、物狂っておりました。お許し下さいまし」

「……」

「明日からは、もう参りませぬ」

勢津は身じろいで、ごめんくださりませと言った。

「待たれい」

腕をのばして、箭八郎は勢津の肩を摑んだ。あ、と声をあげて勢津は躰をひこうとしたが、箭八郎はその躰を荒荒しく引き寄せると囁いた。

「今度は、それがしが狂った」

箭八郎に抱き上げられると、勢津の躰はまた顫え出した。

「いけませせぬ」

それをしてはなりませぬ、と勢津は顫える声で囁いた。構わずに箭八郎は勢津を床に運び、横たえると胸を開いた。闇の中にも仄白く浮かんだ膨らみは、箭八郎が握ると手に余った。その膨らみに顔を埋めると、勢津はまた呟くように「いけませせぬ」と言ったが、手足は打ち倒されたもののように力を失って投げ出されている。

勢津の躰は柔らかく驚くほど滑らかで、箭八郎の掌の動きに鋭く戦《おのの》きを返した。やがて開かれた女体の中に、箭八郎はゆっくり躰を沈めて行った。闇の底に、勢津が小さく顔を左右に振るのが見えたが、言葉は聞えず、かわりに笛のような声が、か細く喉を鳴らしただけだった。

ひとつの記憶が、箭八郎の脳裏を横切ったのは、目も眩《くら》むような火を見ながら女体を抱きしめた後だった。箭八郎はやはりひとつの女体の記憶だった。勢津の躰が、それを思い出させたのである。死んだ喜乃ではなく、東北の小藩海坂の城下町で会ったひとりの女の記憶だった。

そこで箭八郎は石置場の人足だった。

箭八郎の素顔を、堀口土佐をはじめ、正統派の重臣は誰も知らない。会うときはいつも頭巾で顔を包んでいたし、大部分の者は声だけしか聞いていない。そして石置場の人足たちも、佐平次といったそこの親方も、人足の弥之助の顔は知っていても、頭巾に包むもうひとつの顔を知らない。そう思っていた。

だがあの女はどうだろうか。一瞬心を掠めたのはその疑惑だった。あるいきさつから知り合ったその女と、忍んで会い躰を交えた。四、五度のものに過ぎない。城下で酌婦をしていたといったその女は、短い間石置場で飯炊きをしたが、間もなくやめて山奥の村に帰った。

「何を考えていらっしゃいます？」

る。

胸の下で勢津の小さい声がした。声は羞じらいと、それに微かな甘えを含んでいる。

「はしたない女だとお思いになっているのでございましょう」

「いや」

箭八郎は勢津の顔を探り、滑らかな頬を撫《な》でた。

「そうは思わぬ。そなたを、何となく身内のように考えていたゆえ」

重うございます、と勢津が言ったので、箭八郎は女の躰から降りて、仰向けに並んで寝た。

「母はそなたに死に水をとってもらったそうな」

「………」

「他人の心では出来ぬことだ」

「それならば申しあげます」

勢津は躰を横にし、箭八郎の肩に額をつけて言った。熱い額だった。

「嫁入る頃に、あなた様に心惹《ひ》かれておりました。あなた様は喜乃さまを迎えられましたゆえ諦めましたが、辛うございました。母上さまがご病気になられましたとき、私、自分から父に願って看取《みと》らせてもらったのでございます。母上さまに、明楽の家の嫁のような、と言われました。嬉しゅうございました」

勢津は深い吐息をついた。

「いまも、嬉しゅうございました」

勢津をひそかに帰らせたあと、箭八郎は床に戻って、仰向けに寝ると、闇に眼を開いた。

勢津の残り香が鼻を打った。すると速やかに海坂の女に対する疑惑が戻ってきた。石切人足弥之助の素顔をのぞいた者は、誰もいないと思っていた。だがあの女は、弥之助の中に、石切人足でないものを見なかっただろうか。戻ってきた疑惑はそのことだった。

おつねといったその女を、そういう意味でこれまで思い出したことはない。行きずりの、薄い縁だと思い、これまで忘れていたのである。

しかし今日の日暮れ、海坂藩上屋敷前で、神山彦五郎秀明の姿を見かけて以来、箭八郎はひそかな懼《おそ》れに苛《さいな》まれている。彦五郎の出現が、推測するように神山党の復帰、正統派の失脚を意味するとしても、それが然るべき藩情勢の変化で出てきた逆転であれば、箭八郎のあずかり知らぬことである。増山河内守にした報告は正しく、正統派の非力を嘆くだけでよい。

懼れは、いつからか神山党、わけても神山相模守が、領内に潜む隠密の暗躍を探知し、石切人足弥之助を突きとめた後、その躍るがままにまかせ、弥之助が使命を終り、領外に出るのを待って、一挙に情勢を覆したのではないかということだった。

そういうことがあり得るか。この自問を箭八郎は日暮れから、幾度も繰り返している。

答は、あり得る、だった。

海坂藩は小藩ながら、三河以来の譜代大名だった。外様の多い奥羽の地に、ぽつんと投げ入れたように海坂藩を置いたのは、藩祖海坂備後守《びんごのかみ》に対する幕府の厚い信頼があったからだと言われている。

のみならず外様ではあるが、現将軍家の縁につながる廉姫が、藩主右京亮の嫡子新七に嫁している。

この立場から、海坂藩が隠密と知っていながら抹殺しなかったことはあり得る、と思った。外様なら有無《うむ》を言わさず消すところである。それをしないのは、譜代の領内に隠密を入れた幕府の立場の悪さに、知らぬふりをよそおったということになろう。

だが、その一方で隠密の働きを徒労なものとすることで、海坂藩は幕府に対する痛烈なしっぺ返しをしたとも言えるのだった。藩主神山右京亮、弟の相模守教宗の陰険な性格からみて、それはあり得た筈だった。

——もし、見抜かれたとすれば、いつだろうか——

海坂領の北に荒倉山という山がある。高さはそれほどでもないが、深山幽谷をそなえて懐がひろく、山伏修験《しゆげん》の山として知られ信仰を集めていた。遠国からもお山参りと称して参詣の人人が絶えない。

箭八郎はお山参りの信者として海坂領内に入り、後につてを求めて石置場に住み込んだ。そこには他領の者も多数入り込んで働いていたし、怪しまれることはなかったと思っていた。にもかかわらず箭八郎の嗅覚は、隠密の身分を見破った者の匂いを嗅いでいる。

「おう」

不意に箭八郎は低く唸って躰を起すと、床の上に胡坐《あぐら》を組んだ。

勢津を抱いたとき、突然脳裏を切り裂いてきたものの正体が解ったのである。それは単純にひとつの女体の記憶でもなく、人足弥之助としてその女体を扱ったかどうかということでもなかった。

女の動きが、勢津に酷似していたのである。官能の波に洗われながら、勢津は傷ましいほど躰の戦きを押えようとしていた。それでも白い喉が幾度かのけぞり、耐えかねて豊かな腰が揺れたが、ついに呻き声を立てず、箭八郎の躰に腕を投げかけることもしなかった。その動きの慎ましさが、箭八郎の記憶を喚《よ》び起したのである。その記憶は、遠い日の喜乃にも重なる。

——あの女は、酌婦のようでなかった——

口数が少なく、いつも控えめに振舞い、肌を合せたときの動きは慎ましかったのである。

箭八郎は闇に眼を瞠《みは》った。

おつねというその女を連れて来、城下で酌取りをしていたと言ったのは、人足頭の佐平次である。もしおつねが酌婦でなかったら、佐平次も嘘をついたことになるのだろうか。

おつねが、推測したように武家の躾《しつけ》を身につけた女で、人足弥之助に不審を抱いた者に命じられて探りに来た、と考えることは妄想のようだった。

しかし人足弥之助らしくない顔を、もしも人に見せたことがあるとすれば、それはおつねを抱いたとき以外に考えられないのだ。

——海坂に戻るしかない——

箭八郎は立ち上り、行燈に灯を入れると、ほとんど物音をたてずに、すばやく旅支度を調えた。刀を摑んで、灯を吹き消そうとして、ふと箭八郎は暗い顔になった。明日も来るだろう勢津を考えたのである。刀を置いて、紙と矢立てを探した。「余儀なき事情之有《これあ》り、北へ参り候。必ず必ず戻るべく候。他言無用になさるべく候」と書いたが、暫く考えて、必ず必ず戻るべくという文句を黒黒と塗りつぶした。

御用屋敷の塀を乗り越えると、箭八郎は路上に立った。遠く北国に続く路に闇は濃く、寒い風が流れていた。

四

柿色の忍び着に躰を包んだ箭八郎は、辛抱強く縁の下に蹲《うずくま》っていた。

頭上の部屋で、時折り短い話し声が洩れるのは、土佐の居間に、家の者か、家臣かがまだいるのである。土佐は御役ご免、隠居を命ぜられ、その上中風を病んで病床にいるということを、すでに探っている。

縁の下に、時折り吹き込む夜の風が冷たい。北国の季節の移りの慌しさを、箭八郎は知っている。秋が終り、冬が始まろうとしているのだった。

縁側の障子が開閉し、咳払いが聞えたあと、ひとつの足音が母屋《おもや》の方に遠ざかるのを箭八郎は聞いた。縁の下を這い出すと、雨戸をこじ開け、屋内に入った。薬湯の香が、強く鼻腔《びこう》を衝いてきた。部屋の灯は消えている。膝でにじり寄って障子を開いた。

「誰じゃ」

闇の中で、不意に弱弱しい声が咎めた。

「お静かに。怪しい者ではござらぬ」

とりあえず箭八郎は言った。

「それがし江戸より参った明楽でござる」

「おう」

土佐はすぐに思い出したようだった。だがその声音は気力を欠き、一種投げやりなそっ気ない口調を含んでいる。

「灯を入れてくれぬか。わしがしたいが躰が自由にならんのでな」

「灯は無用でござる」

「そうか。そなたは隠密じゃったの」

「取りいそぎおうかがいしたい儀がござるが、差支えござらんか」

「相模のことじゃろ。何なりと問え」

土佐は無気力に言った。かすかに身じろぐ気配がしたのは、顔をこちらに向けたらしかった。

「それがしご城下で探りましたところによれば、相模守殿の一党はすべて旧職に復帰。また土佐殿をはじめ同心の皆さまはすべて御役御免、あるいは閉門、籠居、郷入りの処分を受けられたということでござる。間違いござりませぬか」

「そのとおりじゃな」

「しかし仮りにも一度右京亮殿のご裁決があったことが、何故にこのように変ったか、それがし不審に耐えませぬが」

「早い話が、お上は相模と結託しておられたのじゃな。なぜか、わしにも解らぬが、相模と意志を通じて、我我の言うことは一度は取り上げた。いや、取り上げたふりをなされたということかの」

「……」

「真相は知りもなさらんで、相模の肩を持ちなさる。それを考えると寝ていても肚《はら》が煮えるが、もはやどう致しようもないのう」

「それはいつのことでござるか」

「九月じゃ。九月の末じゃな」

不意に土佐は欠伸《あくび》をした。長い力ない欠伸だった。正統派の中心にいて、相模守に対抗していた頃の気力は脱落して、そこに横たわっているのが、小柄な病弱の老人に過ぎないのを箭八郎は感じた。

「いまひとつお伺い申したい」

「…………」

「新七さまのご身分に、その後何ぞ変った節はござらぬか」

答えたのは鼾《いびき》だった。土佐は問答に疲れ、眠りに陥ちたようだった。苦笑して箭八郎は畳を這って退き、侵入した場所から外に出た。土佐の鼾は高くなり、外まで聞えてくる。

途中にある神社裏の床下で、箭八郎は忍び着をぬぎ捨て、掘り出した油紙の中から小間物の行商人の衣類を出して着換えた。忍び着は油紙に包んで、丁寧に土に埋めた。

曲師町《まげしちょう》の旅人宿に戻ると、箭八郎は女中を呼んで酒を頼んだ。

「この先の角にある津軽屋に、前に一度泊ったことがあるよ」

女中が酒を運んでくると箭八郎は言った。海坂領内に入る前に、都築の代官所に寄り、髷《まげ》も着るものも町人風に改めてきている。女中は箭八郎の町人言葉を疑う様子もなかった。

「そうですか」

女中は夜の遅い酒に、不機嫌さを隠そうともしないでぶっきらぼうに答えた。お義理のように徳利を持ち上げて酒をつぎ、あとはお膳を箭八郎の前に押してよこすと、これもお義理のように聞いた。

「いつ頃のことですか」

「三年前だったかな。ま、一杯どうだい」

「あたしは酒は飲みませんから」

中年の女はぴしゃりと言い、腰を浮かせた。

「津軽屋の亭主は、相変らず元気かい」

「死にましたよ」

女はそっけなく言った。え？　と箭八郎は眼を瞠った。この前はお山参りの信者として海坂領に入り、荒倉山の霊場で知り合った信者たちと一緒に、山を降りて津軽屋に泊っている。宿はそういう信者たちで繁昌していた。ここで働きたいからと言って、石置場の人足に世話してもらったが、話を運んでくれたのは津軽屋の亭主である。多兵衛という名で、頑丈な躰と、人の好さそうな笑顔をもつ四十男だった。病気持ちのようには見えなかった。石置場に住み込んでから、津軽屋を訪ねたことはないが、死んだというのは意外だった。

「元気な男だったが、何で死んだんですかい」

「捕物《とりもの》で怪我して、それがもとで死んだんですよ」

「捕物？」

「知らなかったんですか。あの親爺さんは目明しだったんですよ。このあたりじゃ嫌われていましたよ」

女中が立って行った後、箭八郎は腕組みをして茫然と行燈の灯を見つめた。海坂藩という、山奥の小藩を甘く見たかも知れない、と思ったのである。

力仕事さえ嫌いでなければ、石置場の人足がいいでしょう、と言ったのは多兵衛である。あそこは他所者《よそ》も沢山働いているから、とも言った。

だが多兵衛が、考えがあって石置場に送り込んだとは思えなかった。疑われるようなことは何ひとつなく、そう言ったときの多兵衛の口ぶりも、笑顔もごく自然だったのである。

だが、やはり問題は石置場にある、という気がした。突然きて、突然去って行った女。そして女を連れてきた親方の佐平次。佐平次は無口な大男の老人で、年寄りのくせに時おり人が眼を瞠るような膂力《りょりょく》を見せ、荒くれた人足たちに一目も二目も置かれていた。もしも人足弥之助でない別の顔を見られたことがあれば、その場所以外にないという気がした。

おつねが石置場に来たのは、箭八郎が正統派をまとめるために精力的に動いていた頃である。それまで飯炊きをしていた老婆が病気になった、と言って佐平次が連れてきたのである。やや円顔だが、眼にぞくりとするような色気があり、美貌だった。

その美貌が災いした。ある夕暮れ、すでにしたたかに酔っていた人足、石工《いしく》が五、六人、箭八郎の眼の前でおつねに襲いかかったのである。地面に押倒されたおつねの脚が、白く空を蹴るところまで、箭八郎はほかの者と一緒に笑いながら見ていた。だが男たちがおつねを担ぎ上げ、遠い草叢《くさむら》に運んでいこうとしたとき、箭八郎は男たちを殴りつけ、鑿《のみ》をふりかざして襲いかかってくる石工たちを投げとばした。

その翌日、誘ったのはおつねの方からだった。河原の間や、道脇の小祠の堂内などで、五度ばかり、箭八郎はおつねを抱いた。

おつねを助けるために乱闘したとき、箭八郎は思わず力を出している。自分も腕に怪我をしたほどで、周囲の眼を気にするゆとりはなかったからである。だが人足たちの殴り合いは日常茶飯事であった。そのときは別に気にかけた憶えはない。

だが、一度女を疑い、佐平次を疑ってみると、そこには罠《わな》の匂いがした。佐平次は弥之助が深夜ひそかに小屋を出入りしていたことに気づき、不審を持ったのだろうか。佐平次というあの老人は、そういう立場にいる人間で、なお深く箭八郎を探るために、女を呼んだとは考えられないだろうか。

目明しだったという津軽屋が、他所者である箭八郎を、無造作に石置場に送り込んだのは、石置場が身分のはっきりしない他所者をよせ集め、ひそかに監視する場所だったからではなかったか。

箭八郎は盃を伏せた。意外に巧緻な罠の気配を嗅いだ気がしたが、それは明日の夜、佐平次に会えば解ることだと思い、考えをそこで打ち切ったのである。

大手門前の屋敷町を影のように擦《す》り抜けると、箭八郎は町端《はず》れに走った。

海坂の城下町は、町の中心部を五間川が北から南に貫き、町は樹から岐《わか》れた枝のように川の周辺に密集している。石置場は、川が町を脱け出し、遽《にわ》かに広さと深さを加える場所の川岸にあった。

周辺の山から切り出して来る石を貯え、城の石垣の修理、秋になると決まって氾濫《はんらん》する五間川の川岸の修理などに使う。灰色の石の堆積は、遠くから見ると奇怪な砦《とりで》のように、異様な眺めだった。石と石の間に挟まれたように、草葺きの細長い小屋がある。切り出しや運搬の人夫、石工などが泊る小屋である。三十人ほどの男たちがそこにいて働いていた。半分は領内の人間だったが、素姓の明らかでない他国者も雇い入れたりする。仕事の激しさが、男たちの尻を長く落ちつかせないのである。

時折り城から係りの役人が見廻りに来たが、佐平次が仕事を差配していた。箭八郎はここに十年近くいた。人が不足のときは、石工の真似もしたが、大方は石の切り出しと、城や川の石垣積みで働いた。房州《ぼうしゅう》とも呼ばれ、弥之助とも呼ばれて、怪しまれることはなかった。

箭八郎は石置場に立った。空は曇って暗い夜だったが、仄白く石の面が見分けられる。小屋は真暗で、中の人間は寝ているらしく、ひっそりして、その周りを虫の声が細細と包んでいる。

箭八郎は小屋の前に立った。宿を忍び出るときに百姓姿になっていた。

「親方」

箭八郎は呼んだ。踏みこむと、小屋の中の饐《す》えたような空気が鼻を衝いた。嗅ぎ馴れた匂いだった。

もう一度呼んだ。佐平次は、家も妻子もなく、この小屋に寝泊りしている。藩から下りる手当てを、そっくり小屋に隠している、という噂があった。その噂に唆《そそのか》されて、仙台領から稼ぎにきていた源吉という若い男が、こっそり佐平次の身辺を探し廻ったことがある。

だがこの男は半殺しの目にあった。眼は腫れ塞がり、腕を一本折られて石置場から叩き出された。やったのは佐平次である。これだけのことを、犬の子をあしらうようにやってのけ、表情ひとつ変えない無気味な年寄りだった。

「誰でい」

小屋の奥で佐平次の声がし、続いて喉を鳴らして欠伸をする声が聞えた。

「弥之助でござんす」

「………」

「房州ですよ」

「弥之だと？」

待て、いま灯をつけてやら、という声がして燧石《ひうちいし》が鳴った。

真中に土間を取り、左右に板敷きを揚げただけの細長い小屋である。左右に、汚れた掻巻《かいまき》や布団に蓑虫のように躰をくるんで人足が眠っている。中にはその上からさらに蓆《むしろ》をかぶっている者もいた。冬になり、雪が降りはじめると、石置場は鎖《とざ》される。

いまが一番寒い季節だった。

一番奥の場所から、佐平次は手燭を掲げて箭八郎を透して視たが、

「なるほど、弥之に違えねえ」

と言った。

「先《せん》にはえれえ世話になっちまって」

「挨拶はええがな」

佐平次は手を振った。

「いま頃なんの用じゃい」

「少し聞きてえことがあったもので」

「…………」

「おつねという女を憶えてますかい」

「おつねだと」

佐平次は唸るように言った。

「憶えてるが、それがどうした？」

「あの女が、そのあとどうなったか知りませんかね」

「弥之」

佐平次の眼が、冷たく光った。

「おめえ、そんなことを訊ねに、夜の夜中ここに来たのかえ」

「へ。あの女はじつはあっしとわけありだったもので、探しているもんですから」

「それで江戸から、わざわざ探しに来たか」

「……………」

「今度はなんだ。そのなりは百姓かい」

佐平次の顔に、無気味な笑いが浮かび上った。その眼を、箭八郎も冷たく見返した。佐平次がそういう態度に出るだろうことを、予想して来ている。佐平次はおつねとつながっており、どの程度かは知らないが、箭八郎の身分を知っていた。それがいまはっきりしたと思った。

「この前のように」

不意に佐平次の躰が床の上に跳ね上った。

「黙って帰すわけにはいかねえぞ」

箭八郎の手が、手燭を叩き落し、小屋は闇に包まれた。搾木《しめぎ》のような力で肩を摑んで来た腕を肩にかつぎ、躰を縮めて佐平次を投げ飛ばすと、箭八郎は小屋を走り出た。

佐平次の喚き声がした。

「野郎ども起きろ。弥之を生かして帰すな」

五

村の端れに木造りの古びた橋があり、そこから江守村滝石の村落がはじまっていた。ある夜おつねは、箭八郎に抱かれたあとで、滝石の孫右エ門というのが自分の家だと言い、間もなくそこに帰ると言ったのである。箭八郎は孫右エ門を訪ねるつもりだった。そこにおつねがいれば、箭八郎の推測は別のものになる。

四間幅ほどの川が、村に沿って流れ、枯れた葭原《よしはら》が白っぽく川べりを埋めている。葉が落ち尽した葭の間から川面が透けて見えたが、水は涸《か》れて、日に照らされた白い河床の隅を微かな音を立てて流れているだけだった。

箭八郎は額の汗を拭いた。

あらゆる疑惑は一点に絞られている。女と佐平次が相模守につながり、相模守は、領内に公儀隠密が潜入し、その隠密が石置場の弥之助であることを知っていたか、である。

一昨夜石置場に行ったとき、佐平次の口ぶりは、弥之助の別の身分を知っていることを示した。それで十分のようでもある。だが、そう思いながら、箭八郎にはまだ疑問が残る。佐平次はある程度知らされていたことに間違いはないが、弥之助が公儀隠密であり、海坂藩の秘事を探りに来たことまで聞いていたかどうか。

やはりおつねに会う必要がある、と箭八郎は思った。あの女が、いまもこの村におり、箭八郎が推測したように、ある時期わざと接触して来たのでないとすれば、疑惑の大部分は根拠を失う。

公儀隠密潜入の一件は、正統派の誰かの口から洩れることもあり得る。洩れたのは箭八郎が海坂藩を離れた後で、それを聞いた右京亮が激怒して正統派を処分したということになれば、事態は箭八郎の手を離れる。若年寄増山河内守に偽りの報告をしたことにはならない。

途中で擦れ違った百姓に、孫右エ門という家の所在を聞いた。滝石の村は奥が深く、丘に囲まれた静かな村の中を、曲りくねった道がわかりにくく続いている。

箭八郎は売薬商人の姿をしていた。背に柳行李《ごうり》に売薬をおさめた風呂敷包みを背負っている。

忍んで泊っている曲師町の中の旅籠屋《はたごや》で、箭八郎はまだ若い売薬商人と知り合っておいた。海坂藩では、領内に入る売薬商人を取り締り、領内に薬草園を置く一方、越中富山領の売薬商一軒を指定して、領内に販売を許している。若い男は、柏屋という
その売薬問屋から来ていた。

売薬商人は、年に一度、領内を隅隅まで廻る。去年置いた薬のうち使用した量を数え、金を受け取り、使った分を補充して歩くのが仕事である。数人が領内に入り、手分けして廻るが、それでも城下への滞在は三月《みつき》以上にも及ぶ。

同宿の、徳蔵という売薬商人に、箭八郎は金を摑ませ、荷を借りると今日海坂の城下町から四里も離れている江守村滝石にやってきたのである。その旅籠屋に、箭八郎は小間物商人という触れ込みで泊っている。一度やってみたいと思っていた、と言った箭八郎の言い分を、徳蔵は必ずしも納得したわけでない表情で聞いたが、これまで酒をおごったり、いままた金を摑ませたりしたことが効き目を現わした。

「あんたも物好きな人やな。ま、それでは骨休めさせてもらいましょか」

そんな言い方で、徳蔵は箭八郎が売薬の荷を担いで出かけるのを見送ったのだった。

滝石の村の一番奥まったところに、孫右エ門の家を見出したとき、箭八郎は眼を瞠って、暫く門の前に佇んだ。それは百姓家には違いなかったが、豪農と言った構えの

屋敷だったのである。屋敷の周りは低い石垣で囲み、門を入ると欅《けやき》や杉の巨木が頭上に枝をひろげ、そこを通り抜けて家の前に行くと、そこには凝《こ》った造りの庭が築かれていて、池には鯉が放されていた。

開け放した縁側に招かれて、箭八郎は売薬の仕事にかかった。もし柏屋の薬を置いていなかったら、勧めるつもりでいたが、その必要もなく、応対に出た五十過ぎの女房が柏屋の薬袋を持ち出してきた。江守村を受け持っている者が、まだ来ていなかったのも幸運だった。

柔らかい富山言葉で、ひっきりなしに喋りながら、仕事を終った後で、箭八郎は振舞われた茶を飲み干して言った。

「つかぬことをおうかがいしますが、おつねさんという人がこちら様においでのでございますか」

「いいえ」

円顔で福相の女房は、微笑をおさめて怪訝な表情をした。

「そういう者はおりませんがの」

「実はご城下で、おつねさんという女子と、ちょっと知り合いましてな。話のついでに、こちらさまのお生れだと聞きまして、滝石ならこれから廻るところだ、などと申しあげたものですから」

「妙なお話ですこと」

女房は一層怪訝な顔になって、まじまじと箭八郎の顔を見つめた。

「年は幾つぐらいでしたかいの。そのおつねとかいう人は」

「さあて」

箭八郎も小首をかしげた。

「女の人の年はなかなかに解りかねますが、ざっと二十過ぎぐらいですかな」

「容貌はどんな？」

「へい。ちょっと円顔で、おきれいな方でした」

「はて」

女房は眉をひそめ、このあたりに、と言って自分の右耳の附根を指でさした。

「黒子《ほくろ》がありましたかいの」

「へい、ございました」

思わず箭八郎は言った。河原の、昼の間の日の温もりが微かに残る枯草に横たわりながら、女の耳の附根に黒子を見た記憶が甦ったのである。

「あら、お佐代だ」

女房は不意に笑った。

「お佐代さんと申しますのは?」

「わたくしのところの二番目の娘で、ご城下で武家奉公に上っておりますがの」

「すると、どこぞのお屋敷にお勤めで?」

「神山相模さまと申されましての。お殿さまの弟さまでご家老をなさっている方の、このあたりはご知行地なものですから、そこにご奉公に差し出して、もはや五年になりますがの」

「そう言えば、確かに武家勤めの方のようでございました」

「しかし、何でまたおつねなどと他人の名を使ったものですかのう」

女房はまた不審そうな表情をした。

「武家勤めの方は、身分をお隠しになることがありますから」

「それで、薬屋さんとはどういう知り合いですかいの?」

「薬を持って廻っておりましてな。橘町の太物屋さんに参りましたときに、たまたま顔を合せただけでございますよ。ただあまりおきれいな方でしてな。いろいろお話申しあげているうちに、こちらさまの方だと承ったようなわけで」

本名をお佐代というあの女は、どういうわけか滝石の孫右エ門の娘という、ひとつだけ本当のことを言ったのだった。これではっきりしたと箭八郎は思った。疑いもなく神山相模守は、石切人足弥之助に不審を持ち、お佐代を接触させたのである。

孫右エ門の屋敷から急ぎ足に遠ざかりながら、箭八郎は屈辱と焦燥が熱く胸を浸してくるのを感じた。

江戸に帰った日、大名小路を御用屋敷に向って歩きながら、どこからともなく注がれてきた視線を感じたのは気のせいではなかった。恐らく神山相模守の監視は、あの日まで続いたのである。そのことに気づかなかった不覚が胸を抉ってきた。

箭八郎は立ちどまって、また額の汗を拭いた。道ばたの桑の大樹に、烏瓜《からすうり》の枯れた蔓が絡まり、点点と赤い実がぶら下っている。箭八郎は一瞬思案に暮れたようにそれを眺めたが、背中の荷を一揺すりすると、ゆっくり歩きはじめた。屈辱の思いは、胸の中で静かな決意に変質しようとしていた。

六

相模守の屋敷は城中三ノ曲輪《くるわ》隅にある。忍び込むには五間川を渡らねばならない。

石置場で働いている間に、箭八郎は城中への忍び口は一箇所しかないことを確かめていた。その忍び口を使って、二度城中を探っている。その時は五間川を夜色に紛れて泳いで渡った。だが、九月も末に近いいまは、水に入れば躰はたちまち凍えて自由を失うに違いなかった。

城は大手門前を横貫する五間川を正面の濠に見立て、三方を幅はないが深い濠を穿《うが》って囲んでいる。大手門から川端まで真直ぐに橋を渡してあり、橋詰には木戸口があって、日夜番士が詰めている。門はいうまでもなく夜は閉じ、内側には警護の人間がいる。忍び口は、大手門から、左に巽櫓《たつみやぐら》の方に四間ほど寄ったところにあった。そこに渡り櫓越しに、不用意に太い松の枝が突き出している。

大手門前木戸の十間ほど手前で、箭八郎は石垣を伝って川面すれすれのところまで降りた。そこから指と爪先で隙間を探りながら、横に移動して行った。石垣は、不揃いな石を積み重ねてあり、移動は割合い容易だった。

だが橋に辿りつき、橋桁に躰を預けながら、箭八郎はしばらくの間、丹念に指を揉んだ。

「火を焚こうか」

頭上で突然声がした。それに答えた声は木戸番所の中にいるらしく、不明瞭だったがよせと言っているように聞えた。箭八郎は躰を固くした。

「しかし、寒くてかなわんぞ」

不満そうに言った声が、すぐに大きな欠伸に変って、声は絶えた。声の主も番所の中に入ったようだった。

箭八郎は緊張を解き、手探りで橋桁を摑み、城の石垣に向って進みはじめた。昼のうちからどんより曇っていた空は、夜になっても変らず、暗い夜だったが、音もなく流れる五間川の水面が僅かに白い。

城の石垣を横に伝って行くのは手間取った。石と石の間の隙間が小さく、石自体が大きく手に余るほどのものもあったからである。松の枝に鉤縄《かぎなわ》を投げ上げてからの箭八郎の身ごなしはすばやくなった。一瞬のうちに渡り櫓の壁を駆け上り、黒い姿は城内に跳んだ。

相模守の屋敷に、箭八郎は一度忍び込んでいる。離れの戸をはずして屋内に侵入すると、迷うことなく相模守の寝所を目指して進んだ。長い廊下は暗く、水屋の方で遠い話し声が聞えるばかりで、人の気配はなかった。

寝所の手前の部屋の襖《ふすま》を、箭八郎は静かに開けた。宿直《とのい》の武士が一人、行燈の下に腕組みして坐っていた。その若い武士は、はじめ箭八郎が入って行ったのに気づかないで俯いて坐っていたが、やがて気づくと驚愕した眼で箭八郎を仰ぎ刀に手を伸ばしたが、箭八郎は抱き込むようにその男の胸を刺していた。

口を塞がれた男の躰が、やがてぐったりと崩れかかってくるのを畳に横たえてから、箭八郎は寝所との間の襖を少しずつ開けて行った。

床が二つ敷いてある。ひとつには相模守が仰向けに寝ており、ひとつは空だった。多分夜伽《よとぎ》をする女のものだろう。女がいないのが幸いだった。二人いれば部屋の中は、一瞬の間に修羅場になる筈だった。

相模守は眠っているようだった。箭八郎は数度その顔を見ている。背は低いが小肥りで、一重の腫れぼったいような眼をし、厚い唇を持った五十男だ。

布団を剝ぐと、相模守は驚いて起き上ろうとした。その胸に刃先を突きつけて、箭八郎は相模守を片手で床の上に押えつけた。

「物盗りか」

辛うじて相模守は言った。さすがに顔色が変っている。箭八郎は首を振った。

「では、土佐に頼まれたか」

箭八郎は首を振り、覆面の鼻先の布を引き下げた。

「名前をお聞かせ申そう。お庭番明楽箭八郎と申す」

「………」

「石切人足の弥之助と言わぬと、お解りにならんかな」

相模守の眼が、一瞬驚愕で膨らむのを箭八郎は見た。相模守は、人足弥之助の名を知っていたのである。

何か叫ぼうとした口を、箭八郎の大きな掌が塞いだ。恐怖のため、信じられないほど大きく瞠《みひら》かれた眼に、箭八郎は凄じい眼光を当てた。

「よくも公儀隠密をお嬲《なぶ》りなされた」

跳ね起きようともがく躰を膝で押えつけたまま、箭八郎は相模守の胸に真直ぐ刀を突き刺した。長い痙攣《けいれん》がおさまり、相模守の躰がだらりと横たわるのを見て、箭八郎は立ち上った。

——これでこの男は海坂藩にとって無害になった——

このあとどうなるかは、箭八郎の推測の外にある。ともあれ若年寄内藤豊後守から受けた使命が、いま完了したのを、箭八郎は感じた。暗い廊下に出た。

曲り角で、不意に灯りをみた。左右は厚い杉戸で咄嗟《とっさ》に身を隠すのに間に合わない。僅かに気づくのが遅れたようだった。箭八郎は吸いつくように角の柱に躰を寄せた。

女が二人姿を現わした。ひとりは白い寝間着に躰を包み、ひとりは絣《かすり》の着物を着た腰元風の女である。瞬間箭八郎の黒い姿が蝙蝠《こうもり》のように躍って、寝間着の女に当て身をくれ、腰元風の女を抱き込むと、懐剣を抜こうとする手を押えた。手燭が下に落ちて、火が消えた。箭八郎は囁いた。

「静かになされ、お佐代どの。声を立ててはならん」

灯が消える一瞬前に、箭八郎は女が、石置場にいておつねと名乗った女であることを確かめていた。

「弥之助でござる。お解りか」

腕の中の躰が、不意にあらがうのを止めた。すると女の躰は柔らかさを取り戻し、箭八郎に過ぎた日のかりそめの交わりを思い出させた。

「こんなところで何をしておいでてございます？」

お佐代は、むしろ躰を擦りつけるように、箭八郎に身を寄せると囁いた。

「いま相模守どのを刺してきた。藩のためにならぬお人でござる」

お佐代は溜息を洩らした。しかし叫びもせず、箭八郎の腕の中から遁《のが》れようともしなかった。淡い感傷が箭八郎の胸を満たした。

「奇妙な縁だったが、もはやそなたに会うこともあるまい」

「私をお恨みになってはいないのですか」

「恨んでなどおらぬ。ではこれで」

箭八郎はお佐代を腕から解き放った。

「お気をつけなさいませ。いずれ追手がかかりましょう」

「気遣いはいらぬ」

「あの……」

向けた背を、お佐代の囁きが追ってきた。

「あなた様のお名前を」

「明楽箭八郎と申す」

答えると、箭八郎は風のように音もなく、廊下を走り出した。

追手に囲まれたのは、国境いの峠を目の前にした斜面まで来た時であった。箭八郎は間道を選び、もっとも短い道を走った積りだったが、馬で来た追手の一群についに追いつかれたのである。

馬を捨てて、一斉に刀を抜いて迫ってきた武士は六人だった。

――正念場だな――

足場を測って、迎え撃つ姿勢をとりながら、箭八郎は思った。追手はこの後にも続いていると思わなければならなかった。その前にこの六人を倒して国境いを越えることが出来るかどうかが鍵だった。

日が昇ろうとしていた。雲は夜の中に晴れて、枯れ草が金色に夜露を光らせはじめている。

武士たちは、箭八郎が刀を抜いてゆっくり枯れ草の斜面を下りて来るのを見て、たじろいだように後に退《すさ》ったが、すぐに声を掛け合って斬り込んできた。

右から肩先を襲ってきた刀は力の籠った一撃だったが、無造作に過ぎた。躰を沈めると、箭八郎は一ぱいに足を送って、伸び切った敵の胴を払った。隙間なく正面から斬り込んで来た敵を、鍔元《つばもと》で受けとめると、鍔競り合いになったが、右足が岩にかかった一瞬をとらえて後に飛びのくと、僅かに前にのめった敵の顔面を鋭く割った。斃《たお》れる敵を見向きもせず、箭八郎は第三の敵に向った。

その時左顔面に鋭い刃唸りを聞いた。躰をひねって向き直ると、刀を斬りおろした構えの敵が、体勢をととのえようとするところを、空いた頸根に刀を撃ち込んだ。次の瞬間箭八郎の長身は大きく翻転し、襲いかかろうと背後で刀を振りかぶった敵の胸を真直ぐに刺した。同時に敵が撃ちおろし、ほとんど相打ちの形になったが、箭八郎は肩先を浅く斬られただけで、敵は声もなくのめったまま、再び起き上らなかった。

——あと二人だ——

凄じい刀捌《さば》きに、顔面を蒼白にした二人が、なお隙をうかがって左右から迫るのを抑えながら、箭八郎は思った。

肩先のほかにも、二、三カ所斬られたらしく、躰が火で焼かれるように熱い中に、刺すような痛みが走り抜ける。すでに全身は綿のように疲れ、口は渇いていた。

――だが、あれが待っている――

勢津は、箭八郎がいまここで命を落したら、一生明楽の家で箭八郎を待ち続けるだろう、という気がした。

箭八郎は気力を奮い起し、剣先を上段に上げるとじりじりと前面の敵に向って行った。

前にいた敵が一気に斬り込んできたのをはずすと、箭八郎の躰は大きく飛んで、続いて斬りかかろうと刀をふりかぶっていた側面の敵に、鋭い突きを入れた。切先はガラ空きになった敵の喉に突き刺さった。すさまじい絶叫が斜面を滑って下の杉林に谺《こだま》した。

最後の敵は、それを見て不意に恐怖に襲われたようだった。刀を構えて、じりじりと後退したが、身をひるがえすと、石塊《いしくれ》につまずきながら逃げ出した。

その男が、馬に乗って駆け去るのを箭八郎は虚脱した眼で見送った。下の道に人影はない。どうやら死地を抜け出したようだった。枯れ草で刀の血をぬぐい、鞘におさめるとうつむいて斜面を登った。

「見事な腕だな」

突然頭の上で声がした。ぎょっとして挙げた眼に、尾根の上に腕組みして立っている巨軀を見た。佐平次である。

「意外かな。そうだな、名乗ろうか」

佐平次は踞《かが》んで、足もとから太い樫の棒を拾い上げると言った。

「隠し同心の仙崎佐兵衛というものだ。長年お前さんのような他所者を取り締っている」

「………」

「相模守は死んだそうだが、あれは悪党だ。それでどうこう言うわけではない」

「………」

「だが役目でな。この峠を越えさせるわけにはいかんのだ」

「勝負だな、佐平次」

箭八郎はもう一度刀を抜きながら言った。

さっき切りかかって来た者たちとは、くらべものにならない強敵の匂いを嗅いでいる。

「行くぞ」

じわりと佐平次が足を踏み出してきた。棒は八双《はっそう》に構えられていて、つけ込む隙は全くなかった。

佐平次の皺だらけの顔が真赤に染まり、歪んだ。

「それ、行くぞ」

長大な棒が、唸って頭上を襲ってきたのを、箭八郎は辛うじて避けた。息つくひまもなく次の棒が襲ってくる。軽軽と佐平次は棒を扱っていた。眼はひたと箭八郎に吸いついたままである。

手が出ない。青ざめる思いで箭八郎はそう感じた。襲ってきた鋭い撃ちこみに、顔を割られると思ったとき、箭八郎は思わず刀で受けた。だが受けたことにならなかった。一瞬感じた痺《しび》れの中で、刀は手を離れ、遠く飛んで草むらに落ちた。

箭八郎が胸もとに飛び込むのを、待っていたように佐平次も棒を捨て箭八郎の頸根を摑んだ。万力《まんりき》のような指の力が喉を締めつけてくる。みるみる顔が充血し、眼球は重く血を噴き出すかと思われた。

——勢津……——

箭八郎は叫んだ。必ず必ず戻るべく候という文字と、それを消した不吉に黒い墨が網膜に躍った。

死力を絞って佐平次の腕を押し上げ、ついに弾ね上げた。躰を入れ替えて、佐平次の背に廻ると、摑まえた腕を逆に担いで腰を入れ、背越しに投げた。ポキリと骨が折れる音がし、佐平次の躰が宙を飛んで草に落ちた。駆け寄ると、執拗に伸ばしてくる手を足で蹴り、頸筋に幾度も手刀を叩き込んだ。

よろめいて箭八郎は立ち止った。足もとには思案するように首を垂れて坐り込んだ佐平次の姿がある。松の枝のように、赤黒く太い腕を、箭八郎はうとましいものを見るように見つめ、やがて顔をそむけた。

喘ぎながら峠に登ると、白い道が下りになっているのが見えた。

――もう、この道を来ることはあるまい――

箭八郎は枯れ草を分け、道に出るとゆっくり歩き出した。道が、確かに江戸につながっているのが感じられた。

紅の記憶

一

揺り起こされて目覚めた。

開けた眼に、いきなり眩《まぶ》しい光が突き刺さり、麓《ふもと》綱四郎は思わず顔を顰《しか》めた。頭が痛い。その痛みで昨夜泥酔して帰り、父の六郎兵衛に叱責されたことを思い出した。

ぎょっとして眼を開いたが、夜具のそばにいるのは父ではなく、妹の登和がちんまりと坐り、大きな眼で綱四郎を睨《にら》んでいる。

「もそっと、穏やかに呼び起こすものだ」

綱四郎は登和に文句を言い、夜具から両手を伸ばして欠伸《あくび》をした。登和はまだ十二で、男のように気性が活発な娘である。綱四郎に文句を言われて、ぷっと膨れると、

「呼んでも起きなかったんですよ。兄様、もう何刻《なんどき》だと思っていらっしゃるんですか」

と言った。

「さあ、何刻かな。明るいからもう夜じゃないなあ」

「まあ呆《あき》れた。もう四ツ（午前十時）ですよ」

「そうか。そいつは都合がよかった。俺は今日は四ツまで眠っていようと思ったのだ。いいときに起こしてくれた」

「まあ……」

登和は兄を睨んだが、その口もとにはもう笑いが生まれかけている。登和は、不良で怠け者で寝坊で、その上いつも面白いことをいう次兄が好きなのである。

登和を横目で窺《うかが》いながら綱四郎は言った。

「起こしかたがあんまり荒っぽいから、さっき俺は熊でも起こしに来たかと思ったよ」

登和は吹き出したが、慌てて口を掌《てのひら》で覆い、可愛い咳《せき》払いをして行儀を繕おうとした。母の音江から、いつも口喧《やかま》しく「女の子らしくしなさい。そうでないと嫁にもらってくれる人がいませんよ」と言われている。父の六郎兵衛も、長兄の満之丞も、気難しい顔をした大人で、登和の遊び相手になってくれるような人達ではない。次兄だけが面白いことを言うが、調子にのって騒ぐと、母に叱られる。

綱四郎は、また長い欠伸をした。やはりまだ頭が痛む。昨夜作並道場の仲間と菱池《ひしいけ》茶屋で飲み、荒れた。そのせいである。

障子には明るい日射しが溢《あふ》れ、軒近くまで伸びた梅の若葉が、薄青い照り返しを障子に投げている。外はいい空模様らしかった。だが綱四郎はまだ寝足りない気がした。

「もう一眠りしてはいかんか、登和」

「いけません」

登和はかぶりを振った。

「そんなこと言うと、これをお見せしません」

「何だ、何か持っているのか」

「お手紙です」

登和の茶色っぽい眼が笑った。手を後にまわしている。そこに手紙を隠しているらしい。

「それも女の方からの手紙」

「女？　誰だ？」

「まあ、わかりませんの？」

登和は大げさに顔を顰めた。

「誰からですって。加津さまに決まっているじゃありませんか。それとも、ほかに心当りの方がいらっしゃるんですか」

登和は生意気な口を利いた。

「何だ、殿岡の鼻ぺちゃか」

「呆れたお兄さま。ご自分の奥さまになる方を、そんなふうにおっしゃるなんて」

登和、いつまで何してますか、という母の音江の声が聞えた。甲高い声である。

「はい、ただいま」

登和は声を張って答えてから、

「あのとおりお母さまは怒っておいでですからね。起きないと叱られますよ」

と囁《ささや》き、肩をすくめて部屋を出た。

「おい」

その後姿に綱四郎は半身を起こして声をかけた。

「父上はいるのか」

「寄合い、寄合い」

振り向かずに登和は答えた。

「よし、いい按配《あんばい》だ」

布団の上に胡坐《あぐら》をかくと、綱四郎は登和が置いて行った手紙を拡げた。

加津の手紙は、今日の昼過ぎ、殿岡村の菩提寺で簡単な仏事を行なう。ついては突然ながら内密の話もあり、ご足労願えたら有難いと書いてあった。達筆だが、ただそれだけの文面で、女が寄越した手紙らしい情緒を思わせるようなものは、何もない。綱四郎は眉を寄せた。文面のそっけなさから、殿岡父娘《おやこ》の堅苦しい表情を聯想《れんそう》し、うんざりしたのである。

加津は家中の殿岡甚兵衛の一人娘で、綱四郎はそこに婿入りすることになっている。春先に結納を交していて、この秋には婚儀を行なう運びになっていた。殿岡の家は、もともと城下から三十丁ほど南にある殿岡村を支配していた地侍の家柄で、藩祖の青巍《せいぎ》公が入部してきた折りに、甚兵衛の祖父が召抱えられて藩士となった。甚兵衛は二百石を喰《は》み、物頭《ものがしら》から、一時は進んで大目付まで勤めたが、三年前に役を退いている。

甚兵衛の連れ合いは早く病死し、子供は娘の加津ひとりだった。他に子供がいない淋しさのためか、甚兵衛は、娘に男子に施すような躾《しつけ》を加えた。漢籍を読ませ、乗馬、小太刀を仕込んだ。加津に剣の才能があるのをみると雉町の日詰道場に通わせ、一刀流を学ばせた。加津が一昨年、そこで目録を受けた噂は、藩中の若者たちを刺戟したものである。

高名になった分だけ、加津は婚期が遅れた。美貌でなかったせいもある。綱四郎との縁談がまとまったとき、加津は二十《はたち》になっていた。

手紙を放り出して、綱四郎はもう一度横になった。執拗《しつよう》に頭が痛む。すると昨夜のことを思い出した。

菱池茶屋は三ノ曲輪《くるわ》西端れにある。樹木に包まれた古池のそばにある茶屋は、場所が閑静なのが喜ばれて、家中の者がかなり出入りする。昨夜そこに作並道場の者が十人足らず集まったのは、道場仲間の江守倉之助が、脱藩して江戸に上るのを送別するためだった。日頃素行のよくない、飲み友達が自然に集まったのである。

江守の脱藩は、正式に藩に願い出て許されている。次、三男の離藩には、藩では寛大だった。

「これで悪い仲間と縁が切れると思うと、俺はせいせいする」

酒が廻った江守はふざけて、みんなを笑わせた。剣術の方は見込みがないから、江戸に出て学問で身を立てるつもりだと、江守はやや興奮した顔で言った。

「自信のある奴はうらやましいのう。俺なんぞは、どうにも身の立てようもないからな。酒で身が立つという口があったら、誰か教えてくれ」

時田市蔵が言った。みんなが笑ったが、時田はさらに言った。

「麓はいい。もう殿岡の婿だからな」

「まだ婿入りしたわけじゃない」

と綱四郎は言った。

「同じことではないか。俺も腕に自信があれば申し込むところだ。先さまの顔はこの際問わん」

明らかに侮辱だった。時田は絡《から》んできていた。綱四郎は作並道場創始以来の剣と言われ、師範代を勤めている。時田は同じ時期に入門したが、太刀筋が悪く一向に上達しないまま、近頃は修行も怠けていた。

綱四郎は黙って盃を呷《あお》った。時田が加津を侮辱したことは解ったが、それほど腹は立たなかった。加津は醜婦ではないが、顔立ちは十人並みとも言い難い。それを指摘されて腹を立てるほど、綱四郎はまだ加津に関心を持っていない。

殿岡との婚約は親同士で決めたものである。父の六郎兵衛も兄も、綱四郎の身を固めるのをいそいでいた。満之丞が三ツ上の二十五で、嫁を迎える時期が来ている。綱四郎がここ一、二年菱池茶屋などに出入りして、仲間と飲んだくれたり、女遊びをしていることを二人とも知っていた。嫁を迎えるのに、剣術が強いばかりで、素行の芳ばしくない次男が、家の中にごろごろしているのは好ましくないのだ。加津との縁談は、当人同士の承諾などということもなく、一方的に押しつけられていた。

加津に会ったのは、結納が済んだ後である。二度ばかり殿岡の家に招かれた。一度は茶を招ばれ、次には酒を招ばれた。二度とも殿岡父娘の印象はいいとは言えなかった。

綱四郎は茶道の作法など知らない。甚兵衛と並んで、茶を点《た》てる加津の、もっともらしい手捌《てさば》きをぼんやり眺めていただけである。加津を見たのは、この時が初めてだった。肉が薄く、白い顔の頬が痩《や》せていた。眼が細く、薄い唇だった。顔には化粧の気配がない。

日詰道場の女剣士という噂から、綱四郎は骨格のいかつい、顔も男のように黒い女を想像していたがそれは違った。加津はどこにでもいるような平凡な容貌で、むしろ肩のあたりが痩せて繊弱な感じさえした。

甚兵衛から廻ってきた茶碗を受け取ると、綱四郎は二口で飲み干してしまった。香ばしい苦味が口中に残ったが、うまいとは思われなかった。

妙な顔をしていると、加津が白い顔を向けて言った。

「麓さまは、茶は嗜《たしな》まれませんのですか」

「無調法でござる」

「それではいずれ、私がご指南申し上げます」

加津はにこりともしないで言った。甚兵衛は咳《せき》払いをした。

酒を招ばれたときも、綱四郎は窮屈な思いをしている。父娘で藩政がどうのこうのと、激越な口調で喋り、意見を求められて閉口した。綱四郎は、これまで藩の政治むきのことに興味を持ったことは一度もなかったのである。

殿岡父娘に対して、綱四郎はむしろ鬱陶《うっとう》しい感じしか持っていなかった。酔ってから逆に時田に絡み、座敷の中で組み打ちまでしたのは、それでもやはり、時田の侮辱が胸に残ったためだろうかと痛む頭をもてあましながら、綱四郎は思った。

時田の気持は解っていた。剣でも学問でも、格別頭角《とうかく》を現わすということもなく、婿の口もないときは、家中の次、三男は日陰の部屋住みとして、一生生家に寄食するしかないのである。

だが、時田の嫉《ねた》みは当を得ていないのだ。

――婿がそんなにいいわけもないさ――

綱四郎は欠伸をして起き上がると、もう一度加津の手紙を拾い上げた。

二

豪勝寺は、殿岡村の一番奥まった場所、丘の麓にある。綱四郎がついた時、時刻は七ツ（午後四時）を過ぎたようだった。眼に濃淡さまざまの緑を映してくる野道を歩いている間に、頭の痛いのが癒えていた。

山門を潜り境内に入ると、石畳みの左右から楓《かえで》の嫩葉《わかば》が頭上にさしかかり、微かに匂った。あるいは殿岡父娘は帰ったかも知れない、と思いながら来たのだが、本堂に進むと、右手の庫裡《くり》の入口に駕籠《かご》がひとつ休んでいるのが見えた。

豪勝寺は禅宗の寺である。背後になだらかに起伏する丘に、抱きかかえられた位置にあって、本堂のほかに客寮と棟続きに庫裡があり、本堂の左手には鐘楼がある。かなりの規模だが、人声もせず建物は森閑《しんかん》としていた。

不意に客寮の戸が開いて、女が出てきた。殿岡の家の下婢《かひ》だった。

「遅くなった」

綱四郎が言うと、三十過ぎの肥った下婢は微笑して、お待ちかねでございます、と言った。

戸を入ると段があり、高い床に上がると廊下が左に続いている。よく磨いた廊下を右に曲がると、そこには日射しが踊っていた。見おろす位置に広い庭があり、枝葉の大ぶりな庭樹の間に、苔むした石と池が見えた。池には沢山の鯉が群れている。

「こちらでございます」

下婢は廊下に跪《ひざまず》いて障子を開くと、綱四郎を招き入れ、すぐに足音もなく去っていった。

部屋の中に加津がいた。加津は小机の上に紙をひろげ筆を動かしていたが、綱四郎をみるといそいで筆を措いて立ち、小さく切った炉のそばに坐った。

「突然のお願いでございましたゆえ、いらっしゃらないかと思いました」

と加津は言った。刀をはずして、胡坐を組みながら、綱四郎は訊ねた。

「父上はいかがなされた」

「ひと足先に帰りました」

加津は言い、首を傾けて言った。

「お酒を召し上がりますか」

「酒？」

「父と、ここのご住持どのが酒を汲まれて、あなたさまの分も用意してございます」

「……」

「あの節はあまりお飲みになりませんでしたが、麓さまは酒も女子《おなご》もお嫌いではないとうかがっております」

加津は顔を挙げて微笑した。その顔を見て、綱四郎はおや、と思った。軽い驚きが心の中にあった。

加津は薄く白粉《おしろい》を使い、唇に紅《べに》をさしていた。唇に馴染《なじ》まない感じの紅のいろが、ふだん加津が化粧馴れしていないことを示していた。その稚拙な化粧が、かえって加津を女らしくしている。驚きはそれだけでなかった。加津に会うのは今日で三度目だったが、笑顔を見たのは初めてだった。いつもの加津と違うのを、綱四郎は感じた。

——女は粧《よそお》うとこのように変るか——

と思った。肉が薄く、少し尖ったような加津の顔が、それなりに色香のようなものを帯び、綱四郎は、いまひとりの女と向き合っているのを強く感じた。

部屋の隅に布巾をかぶせて置いてあった膳を運び、酒壺《さかつぼ》から徳利に酒を移しかえると、加津は切炉の炭火を掻き立て、銅壺《どうこ》に徳利を沈めた。甲斐甲斐しい動きだった。

「なかなか手際がようござるな」

綱四郎はお世辞を言った。部屋に漂いはじめた酒の香に誘われた世辞のようだった。

「父が酒を飲みますので、こういうことは馴れております」

と加津は言い、徳利を引き上げて温味《ぬくみ》を確かめてから、どうぞと言った。

加津についでもらった酒を空けながら、綱四郎は内密の話とは何だろうと思った。この前殿岡家の客となったとき、甚兵衛がしきりに憤慨して、藩のお偉方を罵《ののし》っていたことを思い出した。加津もそれに口を合わせていたのである。そういう政治向きの話かも知れなかった。そうだとすれば鬱陶しいことだと思った。

しかし別のことかも知れなかった。どちらにせよ、加津が酒でもてなしているのは、綱四郎の心をほぐして、何かの話を持ち出そうとしているのだと綱四郎は思った。加津の口数が次第に少なくなって行く様子に、その気配がある。

だが、加津は容易に用件を切り出そうとしなかった。そのまま綱四郎の酔いだけが廻り、障子に映る日射しがゆるやかに位置を変えて行った。不思議なほど静かで、寺の者の声も、さっき綱四郎を部屋まで導いた下婢の気配も聞こえない。

「ところで、話とは何でござるか」

「え？」

加津は伏せていた顔を挙げた。考えごとの途中から呼び戻されたという表情をしている。注意深く見まもりながら綱四郎は言った。

「手紙に、内密の用があると書いてあった」

「はい」

加津は答えたが、不意にみるみる顔を赤くした。加津の白い皮膚を染めたものが、夥《おびただ》しい羞恥だと解ったとき、綱四郎は加津は用談などなかったのでないかと疑った。

――ただ会いたいために呼んだのではないか――

そう考えることが自惚れとも思えない状況が揃っていた。秋に婚儀を行なう間柄だという一点をのぞけば、何のことはなく、男女の密会の絵柄が出来上がっているのだった。綱四郎はばからしくなった。同時に軽い好色の心が動いた。酔いが気分を軽率にしている。

「こちらへござれ。内密の話をしようではないか」

綱四郎は手を伸ばした。

その手から、加津はすっと身を引いた。顔色は醒《さ》めている。

「少し外をお歩きになりませんか。暖かい日暮れでございますゆえ」

と加津は言った。

加津の後から、綱四郎は外に出た。客寮を出て、本堂の前を通り過ぎると、鐘楼のわきから丘の斜面に道が延びている。本堂の前を通るとき、遠い山門の下に、村の子供が二、三人遊んでいるのを見かけたが、ほかに人影はない。

失礼ながらご案内します、と言って先に立つと、加津は巧みに裾を捌いて坂道を登りはじめた。道は、つつじや椿の花を混えて灌木が密生している丘の中腹を斜めに横切り、頂きの落葉松《からまつ》の樹林のあたりに消えている。

鍛えてあるな、と綱四郎は遠ざかる加津の姿を見ながら思った。女鹿《めじか》が山の斜面を横切るように、加津の足は渋滞がなく、軽い。加津が日詰道場で目録をうけたことを、綱四郎はあまり意識したことがない。どこかに、たかが女の芸ごとと軽くみる気分があった。だがいま初めて、加津がした修行を垣間みた気がした。

綱四郎が丘を登りつめると、加津は落葉松の樹林の中で待っていた。樹林の直立して折重なる幹が美しかった。葉はまだ浅黄色に嫩《わか》く、葉の間から四月の蒼い空が透けてみえる。日射しは斜めに樹林に射し込んでいて、直立する幹の肌を染め分けていた。

林の中の道をしばらく歩くと、やがて二人は不意に広い空地に出ていた。空地は三方を落葉松林に囲まれ、東端は落ち込む崖になっている。削ったように滑らかな赤土が露出し、その上に晩《おそ》い春の草花が点点と散らばっている。その中に、礎石のようなものも転がっている。

「ここに殿岡の家の山城がありました」

綱四郎を振り返ると、加津はそう言い、さらに崖の上に導いた。

崖の右下の方角に、豪勝寺の平べったい甍《いらか》が見え、境内の樹立の先に、村の田畑と百姓家の塊が見えた。小さな人影が畑に動いている。

「むかし殿岡の先祖は、天正《てんしょう》年代に北上してきた越後上杉の手勢と戦って負け、青巍公さまがこの土地においでになった頃は、ただの百姓でございました。青巍公さまに急にお呼び出しを受けたとき、曾祖父は見すぼらしい百姓姿のままだったそうです」

加津は綱四郎に横顔を見せたまま、眼を遠くに遊ばせて喋っていた。頤《おとがい》が尖り、頬が痩せて、青白い横顔だった。

不意に綱四郎を振り返って、加津が言った。

「麓さまは、香崎左門さまをどうお考えですか」

加津の細い眼は、瞬きもしないで綱四郎を見つめ、答えを促していた。加津が緊張しているのを綱四郎は感じた。内密の話というのは、これだったのかと思った。酒が醒める気がした。

三

香崎左門は君側の奸だと言われている。

身分は小姓頭だが、藩主大膳太夫《だいぜんのだいぶ》の寵愛《ちょうあい》が深く、藩政の中枢に参画し、時には藩の政策を左右するような発言をする、とも聞いていた。左門の評判が悪いのは、城下の北にある八里ヶ原に疏水を通す大工事を献策し、領内の百姓多数を酷使しながら結局失敗したこと、一揆が起きかけたほどの重い年貢を課し、潰《つぶ》れ百姓多数を出したこと、江戸在府の折りに、藩主に遊里の遊びをすすめたことなどが城下で囁かれているためである。

しかし綱四郎の父や、兄の満之丞に言わせれば、それは去年失脚して藩政から遠ざかっている細井家老派が、いま藩政を牛耳っている家老の奥村彦太夫、中老の海鉾平左エ門、香崎左門の結束を崩すために流している、いわれのない誹謗《ひぼう》だということなのだった。

父の六郎兵衛は、海鉾中老のひきで、一度は物頭を勤めている。

「君側の奸だという噂だが……」

綱四郎は弾まない気分で答えた。

「しかし上のことはわからんな。お偉方の間で争いがあるようだし、香崎だけが悪いというわけでもない気がするが」

「でも、百姓の年貢は年年重くなるばかりでございましょ？　この殿岡村でも、去年は潰れ百姓が六軒出ました。今年は五軒や六軒で済むまいと先程お住持どのが言っておられました」

加津はしっかりしたことを言った。

「そういう時に、殿さまにご遊興をすすめるなどということは、腹が煮えてどうにもたまらぬと父が申しておりました。父の話では、この殿岡から大助《おおすけ》、滝ノ内、赤江、橋寺にかけて一帯に、ひそかに一揆の動きがあるということです」

「ほう」

「何とかしなければならぬと申しておりました」

「上の方に意見書を出してはどうかな」

「出しましたが、奥村さまからきついお叱りを受けたそうでございます」

「いつのことだ？」

「去年の秋……」

加津は顔を伏せた。

「時期が来ておらん気がするな」

「どういうことでございますか」

意気込んだ加津の口調を、多少鬱陶しく思いながら、綱四郎は自信のない意見を述べた。

「悪い奴を失脚させるには、うんと悪いことをさせ、ボロを出させるのだ。香崎が悪い奴かどうか、俺には解らんが」

それが加津に対する答えになっていないのは解っていたが、事実奥村派のことも、細井派のことも雲の上の話のようで摑みどころがない以上、そう答えるしかなかった。ただ香崎左門という男は小物のような気がした。甚兵衛や加津は的を間違えている。

「そうですか」

加津は言ったが、その声には失望があった。

脱藩して江戸に去った江守が、藩政の行き詰りを説いたことがある。江守は、藩政は誰がやっても同じことだと言い、それが小藩のさだめだと、ひどく絶望的なことを言っていたのである。

丘を降りながら、無言で跟《つ》いてくる加津を慰めるように、綱四郎は問いかけた。

「さっきは何を書いていた。経文か」

振り返ると、加津は首を振った。羞《は》じらうように微笑している。

「子供の頃、母に習ったやまと歌を写しておりました」

「やまと歌？　百人一首か」

「いえ」

こういう歌です、と言って加津は急に声を張った。

「やすみしし　わが大君の　朝《あした》には　とり撫でたまい　夕《ゆうべ》には　い倚《よ》り立たしし　御《み》執《と》らしの　梓の弓の　金弭《かなはず》の　音すなり」

加津の声はりんりんと澄みわたり、なぜか背後から綱四郎の心を刺した。

「朝猟《かり》に　いま立たすらし　暮猟《ゆうかり》に　いま立たすらし　御執らしの　梓の弓の　金弭《かなはず》の　音すなり」

加津の声には、ひたむきな響きがあった。加津が朗誦するのにまかせ、綱四郎は黙然と坂を下った。

客寮の部屋に帰ると、微かな冷えが畳の上にあった。縁側に丘の影がにじり寄っているのを見て障子を閉めた。加津は炭火を掻き立て、また酒を温めた。

「父上はご存じなのだな」

「は？」

「拙者がここに来ることを知っておられたか」

「はい」

加津はうなずいて、俯《うつむ》くと微かに頰を染めた。外に出る前にみた硬い姿勢が、また加津に戻ってくる気配がした。

「そなたに、一献《いっこん》参ろう」

綱四郎が盃を差し出すと、加津は眼を瞠《みは》ったが、素直に盃を受け取ると、立ってきて綱四郎の横に坐った。

だが、満たされた盃を加津は口に運ばなかった。そっと膳の上に戻すと、そのままじっと綱四郎の顔を見つめたが、不意に早口に囁いた。

「お願いがございます」

「………」

「はしたないお願いと重重承知しておりますが、お聞きとどけ頂きとうございます」

加津の顔は白く表情を失い、眼が少し吊上がったように見えた。

「何かは知らんが、言え」

「抱いて頂きとうございます」

言うと同時に、加津は気を失ったように、綱四郎に倒れかかってきた。

尖った頰に似ないで、腕にゆだねられたのは、豊かな肉の感触だった。綱四郎の胸の中で、加津は顫《ふる》えながら眼を閉じていた。紅を差した唇が少し開いて、光るような白歯がのぞいている。短い呼吸を綱四郎は聞きながら、女に向かって不意に瑞瑞《みずみず》しい情感が動くのを感じた。それは外に出る前、加津の躰に手をのばしたときの軽薄な好き心とは別のもののようだった。女が内側に歩み入ってくるのを綱四郎は感じた。

女の帯を解く指を動かしながら綱四郎はその心と裏腹に、女の耳に軽薄な言葉を囁いた。

「親父どのに怒られても知らんぞ、加津」

「あなたさまの……、妻にして、下さいまし。いまあなたさまの、妻になりとうございます」

眼を閉じたまま、加津はうわごとのように呟き、襲ってきた喘《あえ》ぎに耐えかねるように、綱四郎の胸に顔を伏せた。

その時の加津の呟きの、本当の意味を理解したのは、それから十日後である。

四

殿岡甚兵衛、加津父娘《おやこ》が、大手門前広場一本柳のそばで香崎左門を襲ったのは、四月十七日の夕刻だった。

城下を震駭《しんがい》させたこの出来事を、綱四郎は菱池茶屋の離れで聞いた。道場仲間の池田藤八が一緒だった。

女中に案内されて入ってきた麓家の下男の平助は、綱四郎が菱池茶屋の妹娘お咲の肩を抱いて酒を飲んでいるのをみると、畳の上に崩れるように膝をついた。

「急用か、平助」

「はい」

と言ったが、平助は喉《のど》がひからびて声が出ないようだった。肩で息をついて綱四郎を見つめている。

「走ってきたな。年寄りが何をうろたえている。ま、一杯飲め」

いえ、と言って平助は手を振った。漸く口中に湧いた唾《つば》を飲み込むと、

「加津さまが死にましたぞ」

と言った。綱四郎は、盃を取上げようとした手を途中でとめた。

「……………」

「殿岡甚兵衛さまも、一緒に死にましたぞ」

「どういうことだ」

綱四郎は、しなだれかかっているお咲を押しのけると、立ち上がって平助の前にしゃがんだ。池田も立ち上がってきた。

「何事があったというのだ」

「お相手は香崎左門さまだそうです」

平助の言うことには飛躍があったが、綱四郎にはよく解った。殿岡父娘が香崎左門を襲撃したのだ。重い衝撃が内部で動いた。

「何のことだ、麓」

小首をかしげて池田が訊《き》いたが、綱四郎は答えずに平助に訊いた。

「それで香崎も死んだのか」

「いえ、無事だと聞きました」

胸の底で、微かに呻く声があるのを綱四郎は聞いた。

「くそ！」

と綱四郎は言った。

「どうした？　麓」

「殿岡甚兵衛と娘が、香崎左門を襲撃した。奸物退治というわけだろうが、失敗したらしい。馬鹿なことをしてくれたよ」

「そりゃ大事だぞ」

「平助、場所はどこだ？」

「大手門前だそうで」

「よし」

綱四郎は立ち上がると、すばやく刀を腰に差した。

池田も身支度をしながら言った。

「麓、俺も行くぞ」

「帰ってくるの？　来ないの？」

とお咲が言った。

お咲は姉のお松と並んで二人小町などと呼ばれ、菱池茶屋の看板娘である。綱四郎は酔余二、三度この女と寝ている。金をみせればすぐ寝るが、金を持っていないときの扱いは、掌をかえすように冷たい女だった。その美貌が、いま何となく痴呆《ちほう》めいて

見えるのを、綱四郎は気うとく眺めながら、

「帰らんから後は片づけろ。勘定は帳場で済まして行く。心配するな」

と言った。「済まないが、水を一杯飲ましてくれ」と、お咲に言っている平助に、爺さんも後から来い、と言い捨てて綱四郎は部屋を出た。

茶屋から川沿いの道に出ると、道にいつもとは違う人通りがあった。人の群れは小走りに川の上手にある大手門の方を目指して流れている。異変はいち早く城下の隅隅まで伝わったようだった。綱四郎と池田は、人通りを縫って走り出した。

「これで、貴様の婿入りもフイになったな」

走りながら、池田がわめいた。

「そういうことだ」

綱四郎も答えた。

大手門のすぐ前を川が流れ、城の高い石垣と広場を橋が繋《つな》いでいる。橋を渡り切ったところに辻番所があり、その前が広場になっている。藩祖の青巍公が入部したとき、城の前には入替りに関東に移されて行った鷹巣《たかのす》藩の家中屋敷があった。青巍公は、その家中屋敷を取毀して広場にした。いざ出陣というときの馬揃《うまぞろ》えの場所にしたのである。だが広場は馬揃えに使われることがなく数代を経、まわりは高禄の上士屋

敷が占めて、ふだん城下でもっとも閑寂な場所になっている。

だが今日は広場のまわりに人が密集していた。橋袂《だもと》には真黒に人が押しかけ、屋敷の間の小路を、うろうろと立騒いでいる人影があった。どこかに隙間を見つけて広場を覗《のぞ》こうとしているのであろう。

綱四郎と池田は、漸く人を掻きわけて前に出たが、そこで町奉行所の手の者の棒に遮られた。家中の侍の非違《ひい》を検《ただ》すのは大目付の職分だが、死人が出たために奉行所から人数が出ているようだった。

「死んだ者の知り合いだ」

と綱四郎は言った。

「中へ入れてくれ」

棒を持った小者は、じろじろと綱四郎と池田を観察したが、

「お待ち下さい。いま伺ってみます」

と言った。

広場には同心らしい身なりの男が四、五人いて、立ったり歩き廻ったりしている。ひとりは帳面をひろげて、そばに立っている町人風の若い男に何か問いかけ、矢立の筆で、立ったまましきりに走り書きをしている。

小者が、近寄って行く同心の足もとに、薦《こも》をかぶせた死骸があるのを綱四郎は見つめた。死骸は、ひとつは広場の南際に立つ柳の巨樹の下にあり、ひとつは広場のほぼ真中あたりに横たわっている。どちらが加津かは、薦に隠れて解らなかった。

「殿岡どのの身寄りの方か」

不意に声がして、綱四郎は眼を挙げた。色が浅黒く、眼尻が切れ上がった精悍《せいかん》な顔をした男が眼の前に立っていた。

「いや、日頃昵懇《じっこん》の者でござる。殿岡どのは二人だけで、ほかに身寄りはござらんので」

男の眼を真直ぐ見つめて綱四郎は言った。

「差支えなければ、遺骸を引き取りたいと存ずる」

「さようか」

男は小首をかしげたが、

「いや、それは助かる。そうとは知らずに、検屍を終って先ほど殿岡どのの家に使いを出したところです」

どうぞ、と男は言った。

綱四郎と池田は広場に進んだ。柳の下に横たわっているのが甚兵衛だった。鉢巻きをし、襷《たすき》をかけ、袴《はかま》も股立《ももだ》ちをとっていた。甚兵衛の眼は穏やかに閉じられている。砂にまみれた白髪と皺の深い顔が哀れだったが、苦痛の痕はない。傷口を検《あらた》めていて、綱四郎は思わず顔を挙げて池田をみた。

「凄いな」

と、池田も言った。右の肩口から鎖骨を断ち割って乳の上まで斬り下げた一太刀が致命傷だった。ほかに刀傷はなかった。

立ち上がると、二人はもう一度顔を見合わせた。香崎か誰かは解らないが、甚兵衛を斃《たお》した者が凄まじい遣い手だったことは間違いなかった。

「これでは声を立てるひまもなかったろう」

と、池田は呟いてうそ寒い表情になった。

加津は地に頬ずりする姿勢で倒れていた。やはり襷、鉢巻きで、褄《つま》を前帯にはさんでいて、そのため青白い脛《はぎ》が露わになっているのを、綱四郎は褄をおろして隠してやった。加津の右手は、まだ刀を握りしめている。その刃に乾いた血がこびりついている。綱四郎は慎重に加津の躰を探った。腕に二カ所、胸元に一カ所傷痕があり、そしてやはり右から頸の附け根を襲った一撃が致命傷だった。そこから溢《あふ》れ出た血が、頸を伝わって胸もとに流れ込んでいる。しかし、加津は日詰道場の女剣士と呼ばれただけの剣を遣ったようだった。

加津の躰がすでに冷たいのを感じながら、綱四郎は手を引き、立ち上がると腕組みした。加津の眼はみひらかれ、地の中を覗き込むように虚《うつ》ろに砂を見詰めている。日は沈もうとしていて、淡い褐色の光が、加津の横顔をてらした。

——その眼で、最後に何を見たのだ？——

綱四郎は心の中で問いかけた。

肌まで許しながら、加津が香崎襲撃をひと言も洩らさなかったことが、胸を重苦しくしていた。ただひとりの女として、ひととき燃えただけの女体が哀れだった。そのひとときのために粧った紅の記憶が傷ましく甦《よみがえ》ってくる。あのとき、加津は今日の死を覚悟していたのだと思った。

不意に泣き声が起こった。平助と、殿岡家の下僕をしている嘉平という親爺が、地に跪いて泣いている。

「二人で荷車を持ってきてくれ。家へ運ばなきゃならん」

言いながら綱四郎は、加津が最後に見たものは何者だったろうか、とまた思った。二人は恐らく予想もしなかった強敵に遭遇したのだ。それが香崎だとは思われなかった。藩の中で剣が達者なものの名は知悉《ちしつ》しているつもりだった。

「香崎どのはどうされました」

綱四郎は、さっき話した眼の鋭い同心に近寄って言った。

「それが……」

同心は白い歯をあらわして笑った。

「見ていたものに聞いた話だが、一目散だったそうだ」

「逃げた？」

「さよう。武士にあるまじき、というか」

同心はもう一度笑った。

「すると、誰が？」

「お気づきか」

眼の鋭い同心はふっと笑いをおさめて、少し緊張した顔になった。

「香崎どのの家来で、名前は伊能玄蔵というそうだ。岩淵の……」

同心は甚兵衛の遺骸のそばに立っている同僚を指で差して言った。

「岩淵がさっき調べてきたのだが、香崎どのが江戸から連れてきた男らしい。ま、用心棒といった格でござろう。それにしても、凄い太刀筋ですな」

五

呼ばれて奥座敷に行くと、父と非番で家にいた兄が坐っていた。

「何かご用で」

「まあ、坐れ」

と六郎兵衛は言ったが、すぐに満之丞に向かって、

「お前がこの家の当主だ。お前が話せ」

と言った。父の六郎兵衛は、物頭まで勤めたが、満之丞が小姓組に仕官すると同時に隠居した。ここ四、五年は鳥刺しに出かけたり、海釣りに行ったり、近所の隠居仲間と烏鷺《うろ》を戦わせたり、集まって発句《ほっく》をひねったりという気儘《きまま》な暮らしをしている。

満之丞は、はあと言って綱四郎に向き直ると、

「どうだ、少しは落ちついたか」

と言った。

「何がですか」

と、綱四郎は言った。綱四郎はこの兄が嫌いである。小さいときから兄と弟は家の

中で分けへだてされて育った。着る物、喰うもの一切である。時にはこれでも同じ母親から生まれたかと疑ったことがあるが、大きくなるに従ってそれが武家のしきたりだと理解した。酒を飲みはじめたのも、それが解った頃からである。剣術の修行に打ち込み、酒を飲むようになっても、剣の修行を捨てなかったのは、非力で小心な兄に、一目置かれるような人間になりたいという気持が底にあった。その目的は首尾よく達して、満之丞は、剣が強く素行の良くない弟を尊敬し、腫物《はれもの》のようになるべくさわらないようにしている。

「何がだと?」

満之丞は、どこかに刺《とげ》がささったような顔をしたが、気を取り直したように、

「言うまでもあるまい。殿岡のことだ」

と言った。

「あのことですか。それなら少しも落ちつきませんな。死人が寺に埋葬も許されず、まだ庭に埋めてあるなどということは言語道断です。お上《かみ》の処置は解しかねますな。あれでは第二の香崎どのの襲撃がありますぞ」

「まあ待て、そのことだ」

満之丞は手を振った。狼狽《ろうばい》したいろが磨いたように端正な顔を走り抜けた。

殿岡父娘が死んでから十日近く経ったが、遺骸はまだ豪勝寺に葬れないでいた。寵臣《ちょうしん》の香崎左門が襲われたことに激怒した大膳太夫が、遺骸の百カ日閉門という処置をとったのである。父娘の骸《むくろ》は棺に入れて庭に埋めたまま、供養ひとつ許されないでいた。

「お前が憤慨するのは解る。仮りにも一度は殿岡と縁組みした立場がある。しかしこの際軽軽しい行動は慎め」

満之丞は懐紙を出して、額の汗を拭った。

「殿岡との縁はなかったと思うことだ。事実あの家にはもう誰もおらん。正直なところを言えば、今度のことは、お前が殿岡の家に入る前でよかったと、ほっとしている。お前まで加わっていたなどということであれば、わが家も破滅するところだったのだ」

「……」

「よいか。お上のお怒りは非常なものだ。くれぐれも妄動は慎め。お前が父娘の遺骸を引き取ったことさえ、お咎《とが》めがなければよいと気遣っているのだ」

「これはまた、小心な」

「綱四郎」

六郎兵衛が口をはさんだ。

「はっきり言ってな。お前が何かしでかしはしないかと家の者は案じている。だが、何もするな。さっきのように、お上を誹謗するようなことを、外で一言でも喋ったら、麓の家が亡ぶと思え。よいか」

「解りました」

綱四郎は頭を下げた。

「なに、まわりで言っていることを口にしただけで、それほど殿岡のことを考えているわけでもありません。ご安心下さい。それに加津は格別美人というわけでもなかったからな」

綱四郎は薄笑いを洩らした。

「今度はもう少少美形《びけい》を探して下さい。いくら婿でも、ハ、ハ。ところで兄上、毎度無心で恐れ入るが、酒代を少少都合して頂けませんか」

家を出ると、綱四郎は袋物町から肴町《さかなまち》を抜け、家中屋敷が密集する代官町に入った。代官町の道は、商家が軒をならべる肴町から入ると、急に幅が狭くなり、道は左右の武家屋敷の塀に押しつぶされるように細細と続いている。塀の中から楓や梅の若葉が道の上に伸び出し、日暮れにはまだ間があるのに、道は薄暗く見えた。

町境の曲り角に、古い稲荷社があり、掌ほどの境内がくっついている。その狭い境内に、鬱蒼《うつそう》と繁る欅《けやき》の大木があって、欅の若葉は、傘のように地上にとどく日の光を遮っていた。

綱四郎は、境内に入りこみ、欅の幹に凭《もた》れて立つと、腕組みして前方の道を見つめた。細い道が一直線に見通せるが、路上に人影はない。

――もうそろそろだな――

と思った。その道の途中に、香崎左門の屋敷がある。左門は几帳面な性質らしく、昨日も一昨日も、弓師町の西念寺が七ツの鐘を鳴らした後、四半刻ほどしてこの道に姿を現わしている。恐らく七ツの鐘で城を下ってくるものと思われた。綱四郎は今日、西念寺の鐘を、肴町の途中で聞いていた。

――来た――

綱四郎はゆっくり欅から背を離すと、道に足を踏み入れた。そのまま普通の足どりで進んで行くと、左門の屋敷の手前で擦《す》れ違うのである。

人影は昨日と同じ二人だった。左門と伊能玄蔵という男である。殿岡父娘の襲撃があった翌日、左門は城勤めを休んだが、一日だけだった。次の日から、何ごともなかったように登城している。伊能という男の腕を信用しているからだろうと綱四郎は思った。伊能が信用されるだけの腕を持っていることは、あの斬口《きりくち》を見れば解る。

綱四郎の姿を見ると、伊能の細い眼がゆっくり瞬いたようだった。それまで左門の後を歩いてきたのが、さり気なく横に並んだ。香崎左門は、綱四郎に一瞥《いちべつ》もくれず、真直ぐ前を向いて歩いてくる。色の白い、肥った男で、顔も肉の厚い丸顔である。眼がぎろりと大きいあたりに、藩政を左右すると言われる才人らしい面影がないでもない。

擦れ違うとき、左門は咳払いをした。高い、金属的な声だった。

擦れ違ったたまま、綱四郎はゆっくり歩き続ける。歩きながら、神経は張りつめて背後の気配を聞いていた。

道が尽き、塀に突き当ろうとしていた。そこから上士屋敷が続き、突き抜ければ大手門前の広場に出る。気配は、ない。

――今日も駄目か――

と思ったとき、背後に低い足音を聞いた。

綱四郎は水中に潜んでいた魚が、ついに糸を引いたのを感じた。足音は伊能玄蔵以外の何者でもある筈がない。

「貴公」

背後から声がかかった。低くさびた声だった。

「今日で三日だな。何が狙いだ」

綱四郎は立ち止って振り返った。血色のよくない蒼黒い皮膚をした伊能が立っていた。頰《そ》は削げ、唇は薄く引き締められて、細い眼が無表情に綱四郎に向けられている。背は綱四郎より低く、小柄だった。

「この間、あんたが斬ったんだそうだな」

と綱四郎は言った。

「驚いたよ。大変な腕だ」

「それで」

伊能はまったく無表情で、ぽつりと言った。

「お手合わせ願いたいのだ。俺も少少やるんで、ひとつ教えてもらおうと思ってな」

「断わったらどうする」

「あんたの主人に斬ってかかるさ。そうすれば抜き合わせないわけにはいかんだろう」

短い沈黙があったが、伊能はすぐに薄い唇を動かした。

「貴公、あの二人とどういう係わり合いだ？」

「婿だ。いや婿になる筈だったが、おぬしが娘を斬ったためになり損ねた。ハ、ハ」

「……」

伊能の顔を、笑いとも言えないような、薄ら笑いが掠《かす》めた。

「わかった。いつにする」

「早いほどいい。八里ヶ原の馬塚を知っているか。明日の日暮れ、七ツ半（午後五時）にそこで会おう」

「承知した」

「今夜はよく眠ることだな。あんた少し顔色が悪いようだ」

伊能はじっと綱四郎を見つめたが、そのまま不意に背を向けると去った。

小柄な伊能の背を、綱四郎はしばらく見送ってから、反対側に向かって歩き出した。歩き出してから、腋《わき》の下にじっとりと汗が溜っているのに気付いた。

伊能と向かいあっている間、綱四郎は抜き身の剣と向かいあっているような無気味さを感じ続けていたのである。

六

城下町の北に広大な原野があり、八里ヶ原と呼ばれる。

原野は、密集した人家の背後から、いきなり荒涼とした貌《かお》をもたげ、遥かな野末に黒い樹木の塊と人家が望まれる際まで、一面の雑草と点在する痩せた雑木を載せてひろがるばかりである。

野をひと筋の道が横切って、西に消えている。馬塚はその道脇にあった。永正《えいしょう》の昔、対立する土地の豪族が、この原野に兵を聚《あつ》めて戦った。塚はそのとき斃れた馬体を葬ったものであるという。古墳のように土を盛り上げた塚は、遠くからも見え、野に生えた瘤《こぶ》のようだった。

野に日が落ちようとしていた。赤味を帯びた日射しが野面《のづら》を染め、雑木の幹を照らしている。

男が一人野道を来て、馬塚のところで道を逸《そ》れて野に踏み込んだ。そのとき、もう一人の男が町端れに出、一度立ち止って原野を眺めたあと、野道を馬塚に向かって歩きはじめた。

「待ったか」

馬塚の陰に腕組みをして立っている伊能をみて、綱四郎は道から声をかけた。

「いや」

伊能は短く答えただけで、そのまま綱四郎を見つめている。表情のない眼だった。

「では、始めるか」

綱四郎は言い、一歩草地に足を踏み入れた。伊能は腕組みを解くと、ゆっくり後に下がった。塚の上も、周りも、雑草が薄く、赤い土がところどころに露出しているのは、町の子供たちが時おりここまで来て遊ぶためである。土は踏み固められ、硬く平坦だった。

刀を抜いたのは、ほとんど同時だった。綱四郎は青眼に構えたが、伊能の構えをみて、僅かに眉をひそめた。伊能は八双《はっそう》に構えている。剣先はやや背後に寝て、柄は右肩に引きつけられていた。眉をひそめたのは、伊能の構えを左八双と予想していたからである。甚兵衛を斃した一撃は右肩に撃ちこまれていたのである。加津の傷も右の頸を裂いたのが致命傷だった。

昨夜、池田を作並道場に引っ張り出し、深夜まで稽古した。池田に左八双から撃ち込ませ、撃ち込みをはずして一瞬に反撃する工夫を探ったものである。伊能の剣が必ず左から襲ってくるという確信は揺るぎようがない。

――そうか――

伊能の構えはどこかで変化する筈だ、という考えが、稲妻が走り抜けたように脳裏に閃《ひらめ》いたのである。

伊能の剣は微動もしていない。撃ち込む隙《すき》はまったくなかった。その堅固な構えが擬態であるとすれば無気味だった。

　綱四郎はじりじりと左に廻った。しかし伊能も巧みに足を移していた。遥かな地平に、爬虫類《はちゆう》の背のように黔《くろ》ずんで横たわる砂丘がある。日は赤らんだまま、その稜線に触れようとしていた。野面を水平に走ってくるその光を、正面から受けるのを避けながら、二人は少しずつ動いていた。

　一度伊能の剣先が動いた。しかし思いとどまったように元に返ると、また対峙したままの長い時間が過ぎた。

　また綱四郎は左に廻った。伊能の構えを押さえながら、しかもその変化を引き出さなければならないと思っていた。こちらから撃ち込むのは危険だった。

　薄い闇が地表を覆いはじめていた。

　ついに伊能の喉から気合いが迸《ほとばし》った。伊能は浅く踏み込んで綱四郎の胸もとを薙《な》いできた。一歩退いた綱四郎の眼の前で、不意に伊能の背丈が巨人のように聳《そび》え立ったように見えた。剣先はすでに左斜めに高く移され、爪先立った姿勢から伊能は、全身の重味をあずけた凄まじい一撃を綱四郎の頭上に降りおろしてきた。

　刃唸《うな》りを耳のそばに聞いたのは、綱四郎が後に引かず逆に前に出たためである。同時に撃ち込んだ刀身が、伊能の胴を斬り裂いたのを感じながら、綱四郎はのめるように前に走り抜けていた。立ち止って振り向いた眼に、こちら向きになおも左八双に構えた伊能の姿が見えた。しかしその構えのまま、伊能は二、三歩綱四郎に歩み寄ったが、不意に躰は地上に崩れ落ちた。

綱四郎は土の上に膝をついた。四肢を襲ってきた堪え難い疲労と、胸が圧《お》されるような息苦しさに立っていられなくなったのである。喉の奥まで乾き、肩を使って喘《あえ》ぎながら、綱四郎は二度、三度と嘔吐《おうと》に似た声をあげた。そのままの姿勢で、伊能の呻き声が止むのを待った。

静寂が来た。綱四郎は這って伊能のそばに寄ると、薄い闇の中を手探りするように、伊能の顔を探し、掌で鼻腔に呼吸を測《はか》った。掌に触れる何の気配もなく、伊能の躰がそばに生えている草よりも静かで、冷えつつあるのが感じられた。血の匂いが鼻を刺した。

右腕に激しい痛みを感じたのは、歩き出してからである。気がつくと右腕は石のように重くなっている。左掌で探ると、袖が裂け、さらに探ると上膊《じょうはく》部が斬られているのが解った。傷はそう深くはないようだった。

――あそこで後に下がっていれば斬られていた――

と思った。伊能は初め浅く踏み込み、次に左八双から思い切って踏み込んできたのである。伊能のその動作には断れ目《き》がなく、右から襲った剣先を避けたとき、伊能の剣は左八双から襲いかかっていた。小柄な伊能の躰が、不意に巨漢のように見えた一瞬を思い出した。加津が最後に見たのは、それだったのだと思った。すると、考え込むように砂を見て開かれた加津の青ざめた顔が眼の裏に泛《うか》んだ。

家に戻ると、綱四郎は裏に廻り、台所脇の平助の部屋の戸を叩いた。

「何としました、その恰好は？」

平助は、髪は乱れ、袖がぶら下がり、袖口から手首に血を流している綱四郎を見ると眼をむいた。

「どなたと喧嘩《けんか》して来ました、小坊《ちいぼつ》ちゃ」

平助は綱四郎が生まれる前から麓家の下男で、そのまま老いた。いまも綱四郎を昔の呼び方で呼ぶ。

「喧嘩ではない。ま、入れてくれ」

暗い行燈《あんどん》の下で、平助に傷口を縛ってもらいながら、綱四郎は手短かに事情を話した。平助はうなずきながら、やがて下を向いて涙をこぼした。それから、

「殿岡のお嬢さまが、さぞお喜びでしょう。でも危いことをなさいました」

と言った。

「打ち明けたのは、ひとつお前に手伝ってもらいたいことがあるのだ」

綱四郎は平助が台所から汲んできた水を飲むと言った。

「これから殿岡の屋敷に忍び込む。二人をあのままにはしておけん」

「それはいけません、小坊ちゃ」

平助の眼に恐怖の色が浮かんだ。

「あれは殿様のお言いつけで。誰も手は触れられません」

「お前は知らんふりをしていればよい。どうしてもいやだったら、荷車だけ借りて来い。俺は殿岡の裏口で待っている」

「どうしてもおやりになるので？」

「そうだ。表は竹矢来《たけやらい》を組まれて入れないから、昨夜、裏の塀板を少し外しておいた。なに、解らんようにやるさ。後でびっくりするだろうが、誰がやったという証拠はない。とにかく豪勝寺まで持って行って埋めてくる。手伝え。それとも、お前死人をいじるのが恐いか」

「いえ」

平助は考え込んだが、やがて「やります」と言った。

七

次の日の夕方、綱四郎は夜具の中で荒荒しく揺り起こされて眼覚めた。眼を開くと、険しい顔をした満之丞が坐っていた。

「やあ、どうも」

起き上がって言うと、綱四郎は大きな欠伸をした。

「お前、昨夜何をした」

「何をしたというと、何かありましたか」

「今日の昼過ぎ、香崎どのの家臣で伊能という者が殺されているのが見つかった。場所は馬塚のそばだ」

「伊能？　ああ、殿岡父娘を斬った奴だな。で、それがどうしました？」

「どうしたと？」

満之丞は顔を顰めたが、不意に顔色が変って、おいと言った。

「その傷は何だ。やっぱりお前だな。その男を斬ったのは」

「お目がね違いだな。俺は人なんぞ斬らん」

「ではその傷はどういうわけだ？」

「道場で怪我をしたのですよ。池田が無茶をやりおった」

「綱四郎、ほんとのことを言え」

満之丞の瞼《まぶた》が痙攣《けいれん》した。

「今日、城中でその話を聞いたとき、俺には解った。伊能というのは大層な遣い手だというではないか。その男と果たし合って勝てるのは、お前か、せいぜい馬廻役の鹿内兵之進ぐらいのものだ。それぐらいのことは俺にもわかっている」

「推量ですな。証拠はない」

「何を言うか、鹿内には伊能を斬る理由などありはせん」

「ふーん」

綱四郎は兄の顔をじっと見た。

「もしほんとのことを言ったらどうする、兄者《あんちゃ》」

「お前が斬ったのなら、即刻逃げろ。この家に養っておくことはならん」

「なるほど。それではもっと面白いことを教えてやるか」

綱四郎は掻巻《かいまき》をはねのけると、布団の上に胡坐をかいた。

「伊能を斬ったのは俺だ。あいつを生かしておくことは出来ん。香崎もやろうかと思ったがやめた。なに、ああいう手合いは、いずれ自分から滅びるのだ。手を貸すまでもないよ」

「……」

「ところで、俺の躰から何か匂わないか」

「なに？」

「昨夜は忙しかった。伊能を片づけて、それから墓掘りをやった」

「……」

満之丞の瞼が、また激しく痙攣した。

「そうだよ。父娘を屋敷から盗み出して、豪勝寺まで運んで埋めてきた」

「どう始末するつもりだ、綱四郎」

満之丞は呻くように言った。

「大変なことをしてくれた。これで麓の家は終りだ。俺は腹を切らねばならん。父上も無事では済まんぞ」

「何だったら今度は兄者が豪勝寺の墓を掘り返して、こちらに埋め直すか。だがそいつはやめた方がいいな。墓掘りはきつい」

「……」

「まあ、そう心配することはないさ。事がバレるまでまだ三月《みつき》もある。それに、俺は今日家を出る。おさらばだ」

「そんなことでは済まんぞ」

「いい方法を教えてやろう」

綱四郎は兄の眼を真直ぐみた。

「俺は脱藩する。そこで兄者は義絶《ぎぜつ》願いを出しておくのだ。放蕩《ほうとう》、不行跡《ふぎょうせき》の末に姿をくらましたゆえ、義絶したい、と。それにだ、もし殿岡父娘のことがバレたら、うん、いずれバレるが、そのときは白《しら》を切れ。いいか、おい。それぐらいのことは出来るだろう」

綱四郎は兄を睨んだ。

「証拠は何もないのだ。知らぬ存ぜぬで通せ。おかしいと思っても、本人がいなきゃどうにもならんだろう。白を切れよ。麓の家のためだ。それぐらいはやれ」

「よし、解った」

満之丞は弱弱しく言った。

「お前ひとりでやったのだな。池田なんぞは手伝ってはいないな」

「俺だけでやった仕事だ」

「それで、いつ立つ」

「今夜だ。関所札はもう池田が用意している。あとは兄者に路銀をもらうだけだ。少しはずんでもらいたいな」

日が落ちるのを待って、綱四郎は家を忍び出た。誰にも会わなかった。門を出て路上に立ったとき、塀のきわに人影が動いた。

「登和ではないか」

「……」

「こんな暗いところで何をしている。人買いに攫《さら》われるぞ」

登和は黙って寄ってくると、不意に綱四郎の胸に顔を埋めた。

「聞いていたのか」

登和の頭が動いた。すると乾草のような髪の匂いがした。

「仕方ない。加津は俺の嫁だった」

「どこへ、いらっしゃるんですか、兄さま」

と登和は涙声で言った。

「江戸だ」

綱四郎はぱんぱんと妹の肩を叩いた。

「大きくなって、いい嫁になれ」

何か面白いことを言って、登和の気持を浮き立たせたかったが思いつかなかった。綱四郎は黙って登和の躰を引き離し、闇に向かって歩き出した。背後ですすり泣く声が起こった。


麓綱四郎が江戸神田川にかかる和泉橋のきわで、江守倉之助に会ったのは文政《ぶんせい》八年の秋だった。国元で別れてから、五年の歳月が流れていた。

二人とも初めは相手の変りようが納得できず、しばらくじろじろお互いを見合った後で、不意に声をかけ合ったのである。

「貴公、学問の方はどうした?」

「うむ、そのつもりだったのだが……」

江守は困ったように笑った。江守倉之助は町人のなりをしていた。髪形から履いている雪駄まで町人だった。血色よく肥って、小僧をひとり連れている。

「妙な縁で、この先の」

江守は指さした。

「松永町の筆屋に婿入りした。筆墨から紙を商《あきな》っている。寄って行かんか」

「いや、急いでいる。またにしよう」

と綱四郎は言った。

「麓はいつ江戸へ来た」

「貴公のすぐ後だ。貴公と違って願いを出さない夜逃げだ」

「何かあったのか」

「いや、べつに大したことじゃない」

「それで武家奉公しているのか」

江守は、もう一度改めるように綱四郎を眺めた。綱四郎は一応大小を帯び、羽織、袴で武家の姿をしている。

「いや、奉公といっても足軽だ」

「どこの藩だ」

「それを言うのは、少少困る。小さな藩なのでな」

綱四郎は笑った。綱四郎は黒絹の背に白く紋を染め抜いた羽織を着、花色地に横縞の入った袴をつけている。紋をみればどこの藩の足軽とひと眼でわかるのだが、江守は気づかないようだった。江守はじっと綱四郎を見つめたが、ふと空を仰いだ。

「暮れてきたな。どうだ、ほんとに寄って飯でも喰って行かんか」

「いや、やはり止めとこう」

そうか、と言って江守は首をかしげたが、

「じゃそのうち寄ってくれ。筆佐といえばこのあたりではすぐ解る」

と言った。

別れて綱四郎が歩き出したとき、江守が呼びとめた。

「二年前に国元では大改革があったそうだぞ。知っているか」

「いや、知らんな」

「奥村彦太夫、海鉾平左エ門は閉門、御役ご免、それに何とか言ったな、そうそう香崎左門だ。香崎は郷入りになったそうだ。後は細井の倅がいま家老で藩を取りしきっているると国からの手紙に書いてあった」

重い衝撃が綱四郎の足を竦《すく》ませた。

郷入りは俸禄を取り上げ、身柄を領内のもっとも辺鄙《へんぴ》な場所に移し、そこで座敷牢に入れ、監視人をつけて見張らせる。城下から移送するときも、駕籠のまわりを足軽が固め、重罪人の扱いで警戒は厳重をきわめるのである。もう香崎が復帰することはあるまい。殿岡父娘の志が成就したのだと思った。

神田川に沿って、仄《ほの》暗い町に足を踏み入れながら、綱四郎は久しぶりに死んだ加津を思い出していた。紅をさした唇が、ひととき喘いだ記憶が、生生しく甦り、耳は豪勝寺裏の丘で、張りつめた声音《こわね》で加津が朗誦したやまと歌を聞いた気がした。

「朝猟に　いま立たすらし　暮猟に　いま立たすらし　御執らしの　梓の弓の　金弭の　音すなり」と呟いてみると、死んだ女に対する哀れみが募った。その声音が含んでいた決意を、覚り得なかった悔根が胸を嚙んでくる。

汐留橋《しおどめばし》の近くに、さる西国の小藩の江戸屋敷がある。その長屋に綱四郎は住んでいた。長屋には若い妻と、生まれて間もない子供がいる。妻は藩の国元からその屋敷に女中奉公に来ていた女で、おとなしい性格だった。足軽という身分にも不足は思わず、綱四郎は実直に勤めていた。そうしていると、国元でしてきたことが、夢のように遠いことのように感じることがあった。

しかしいま、生生しく胸をゆさぶってくる記憶があり、綱四郎の心は揺れ騒いでいた。左手に大名屋敷の長い塀が闇の中に黒黒と続いている。角に辻番所の高張提灯《たかはりちょうちん》が出ているのを見ながら、綱四郎はふと足をとめた。

――どこか一杯やるところはないか――

歩みを促すように、背後から音もなく風が吹き抜けた。冷ややかな秋風だった。

解説

後藤正治（ノンフィクション作家）

藤沢周平の短編は、ジャンルでいうと主に市井《しせい》ものと士道ものに分かれる。本書では五編が収録されているが、前者が三編、後者が二編である。さらに作品の分け方として、大ざっぱな目安であるが、前期、後期に分けることができよう。

前期は藤沢が業界紙の会社に勤務しつつ各誌の文学賞に応募していたころから『暗殺の年輪』で直木賞を受賞した前後のもの、後期はそれ以降で、主力作品は長編へと移っていくが、短編もシリーズ化されたものを含めていえば精力的な執筆を続けている。

作品の色調に境界線が引かれるのも前・後期の間で、ほんのりした明るさやユーモアの味が立ち現われてくるのは後期である。それは藤沢の心境をどこかで反映していたのであろうが、もとより作家の基軸にあるものは動いていない。

本書の五編は、直木賞受賞の翌年、一九七四（昭和四十九）年に「小説現代」「オール讀物」「小説新潮」などに発表されたもので、前期の作品群に括《くく》られよう。この年、長く勤めた日本食品経済社を退社し、作家として一本立ちしている。

五編の味加減をひと括りにしていえば、「ほろ苦さ」といっていいか。

「闇の梯子」の主人公は、若い板木師《はんぎ》・清次。若妻おたみと裏店《うらだな》でひっそりと暮している。手間賃の安い彫六を辞め、独り立ちした。まだ仕事の注文は乏しいが、やがては店を構えて一人前となる――。そんな夢を抱く生真面目な職人だ。

かつて、遣い込みで彫六を追われた先輩職人がカネを借りに訪ねて来る。借金の頼みは重なり、「黒い悪意」のごとく、清次の周りで凶事が起きていく。

女中奉公で家計を助けてきたおたみが血を吐いて倒れる。尋常ではない病のようで、おたみはやつれ、弱っていく。病身の愛妻とそれを見詰める清次の描写には迫真のものがあって、藤沢自身の体験が重なっているように思える。

年譜によれば、藤沢三十六歳の時、長女展子《のぶこ》を授かっているが、間もなく妻悦子を病で失っている。私生活上の不幸が前期作品の暗さに投影しているが、その残影はこの時期にも継続している。

人物像として濃い印象を残すのは清次の兄弥之助だ。不始末を重ねて故郷を捨てたやくざ者であるが、清次にはいつも優しかった。二人は江戸で再会する。

《博奕と女に溺れて家を潰した弥之助を、周囲の人間は、憎み汚い言葉で罵り続けたが、清次には家がどうなるだろうかという不安はあっても、弥之助を、していることのために憎んだ記憶はない。弥之助が清次に残したものといえば、そういう男の傷《いた》ましさのようなものだったのである。弥之助は決して楽しそうでなく、暗い考え込む顔をし、無口で、いつも疲れているように見えた》

陰影ある人物像の描写はいかにも藤沢調である。

ご禁制の書物刷りに手を染めた版元に頼まれ、清次は〝運び屋〟を引き受けるが、危険な男に襲われる。弥之助に窮地を救われ、思わぬ大金が懐に残った。おたみの薬代にカネは飛ぶように消えていく。自身、ご禁制に手を染めるしかないのか……。

「父《ちゃん》と呼べ」は完成度の高い一編である。

徳五郎は五十過ぎの叩き大工。女房お吉との口喧嘩が絶えないのは、息子の徳治が身を持ち崩し、家を出てしまったこともあるのだろう。

ある日、路上で、親子が組んだ「追い落し」（追いはぎ）を目撃する。男は捕まり、子は逃げおおせたが、幼子の寅太を憐れに思った徳五郎は家に連れ帰る。

とりあえずというつもりでいたのだが、男は島送りとなり、母親の行方ははっきりしない。寅太はみなし子同然だ。当初はまるでなつかなかった寅太であるが、徐々に徳五郎やお吉に心を開いてくる。

徳治が家に姿を見せるが、不義理をしでかしていて、追っ手が連れ戻そうと押しかける。徳五郎は阻止せんとするが、逆に連中に叩きのめされる。が、徳五郎の口もとには笑《え》みがあった。様子を案じた寅太がはじめて、「父《ちゃん》」という言葉を口にしたからである。

雨模様の日、徳五郎が帰宅すると、家に灯はなく、お吉が落ち込んでいる。訊《き》けば、どこかの後添えにいくとかいったはずの寅太の母が姿を見せたという……。ラスト、ほろりとさせる世話物である。


「入墨」の主舞台は、小さな飲み屋だ。お島が切り盛りをし、妹のおりつが手伝いをしている。おりつと大工見習いの牧蔵は好き合っている。

店の外に、杖をついた白髪の老人が姿を見せるようになる。どうやら姉妹の「お父っつぁん」卯助であるようだが、お島は老人を毛嫌いしていて声もかけない。

可哀想に思ったおりつが店に引き入れる。以降、老人は入口に近い飯台の端に坐り、銚子を一本空けて引き上げるが、ほとんど口をきかない。おりつは老人の跡をつけて住処《すみか》を突き止め、老人が寝込んだ日に飯の支度をしてやったりもする。お島が父を嫌うわけも知っていく。かつて、まだ少女だった娘を岡場所に売り飛ばした人でなしだという。

店に、お島と因縁があった悪党の乙次郎《おとじろう》が現われ、おりつをさらってなぐさみものにする。牧蔵が乙次郎に立ち向かうが歯が立たない。隅にいた卯助が立ち上がった。

《乙次郎の振った匕首が卯助の肩先を切り裂いたが、卯助はしっかりと乙次郎の胴に片手を巻き、伸び上るようにして、その頸《くび》に底の欠けた銚子を叩き込んだ。ゆっくりした動きに見えたが、卯助の躰のこなしには、どこか確かな手順をふんでいるような、馴れた感じがあった》

藤沢作品の特徴のひとつに、静から動への切り替えがある。本作でも、卯助はずっとみすぼらしい老人以外の様子は見せないのだが、終盤、一気にすごみある姿を見せつける。それまでの抑制が利いている分、その変貌はいかにも鮮やかに映る。

「相模守は無害」「紅の記憶」は、士道ものであるが、両編ともストーリーはなかなか凝っている。

「相模守は無害」の主人公は、公儀隠密の明楽《あけら》箭《や》八郎《はちろう》。身分を偽って海坂《うなさか》藩に潜入し、政争の行方を見届け、十四年ぶりに江戸に帰ってきた。長い孤独な任務は終わった。同じ隠密組の成員の妻で、寡婦となっていた勢津の細やかな世話と告白に癒される。

海坂藩の政争は複雑に入り組み、騒動は終わっていなかった。深層の動きを察知した箭八郎は再び、藩に潜入していく。黒幕を倒し、待ち構える藩の「隠し同心」たちと刃を交えつつ、脳裏によぎるのは勢津の姿だった……。

「紅の記憶」の主人公は、麓《ふもと》綱四郎。道場の師範代をつとめる使い手であるが、怠け者の次男坊である。そんな綱四郎に婿入りが決まる。相手は元大目付の一人娘、加津。小太刀の使い手であるが、容姿はいまひとつで気はすすまない。

加津が誘いの文《ふみ》を寄越し、二人はひとときを過ごす。その十日後、加津父娘《おやこ》は政敵に挑むが、逆に凄腕の用心棒に斃《たお》される。紅を差した加津の唇がよぎり、口にしたやまと歌に込めた思いを知るのはその死後だった。綱四郎はある行動に出る……。

両編の本当の主人公は、勢津であり加津であるのかもしれない。藤沢は、静かな立ち振る舞いの中に、思いを秘めた女のすごみを描くことに長《た》けた作家だった。

――過日、杉並区の遠藤展子宅を訪れる機会を得た。歳月はめぐるであって、大学院生の長男をもつ母となっている。二階の一室は書庫となっていて、父藤沢周平が残した本や資料類がきちんと整理されていた。

幾種類もの江戸の古地図が折りたたんで収納されている引き出しもあった。藤沢の情景描写は精緻《せいち》にして絵画的であるが、このような古地図を広げ、裏店や大川や武家屋敷の通りを思い浮かべつつ書き込んでいたんだろうなと思えた。

一階の居間には、藤沢愛用の文机が残されていた。

まだ勤めをもっていた時分、父は休日になると文机の側に坐り込む。座布団をもっていくのが展子の役割だったが、父が〝作家活動〟をしているとは思ってもいない。やがて勤めをやめた父は家にいて、終日、机にへばりつくようになった。お父さん、仕事がなくなったのか……と思っていたという。

この机から幾多の名作が生まれていった。小さくて慎ましやかな文机で、いかにも藤沢作品に似つかわしく思えた。

一九七四年六月　文藝春秋
一九八七年二月　文春文庫
二〇一一年五月　文春文庫（新装版）

本書の作品のなかには、今日の観点からすると差別表現にあたるものが使用されております。しかし、著者の意図は決して差別を助長するものではないこと、作品が時代的な背景を踏まえていること、著者がすでに故人となっていることに鑑み、表現の削除や変更は行わず、底本どおりの表記としました。読者のみなさまにご理解を求める次第です。〈編集部〉

|著者| 藤沢周平　1927年、山形県鶴岡市生まれ。山形師範学校卒。'73年『暗殺の年輪』で直木賞、'86年『白き瓶』で吉川英治文学賞、'90年『市塵』で芸術選奨文部大臣賞を受賞。'95年、紫綬褒章受章。'97年、69歳で死去。ほかに、『蟬しぐれ』『三屋清左衛門残日録』『一茶』『橋ものがたり』『漆の実のみのる国』「用心棒日月抄」「獄医立花登手控え」シリーズなど著書多数。

闇《やみ》の梯子《はしご》
藤沢周平《ふじさわしゅうへい》

2018年3月15日第1刷発行
2022年4月14日第2刷発行

講談社文庫
定価はカバーに
表示してあります

KODANSHA

発行者——鈴木章一
発行所——株式会社　講談社
東京都文京区音羽2-12-21　〒112-8001
電話　出版（03）5395-3510
　　　販売（03）5395-5817
　　　業務（03）5395-3615
Printed in Japan

デザイン——菊地信義
本文データ制作—講談社デジタル製作
表紙印刷——株式会社KPSプロダクツ
カバー印刷—大日本印刷株式会社
本文印刷・製本—株式会社講談社

ISBN978-4-06-293869-3

講談社文庫刊行の辞

二十一世紀の到来を目睫に望みながら、われわれはいま、人類史上かつて例を見ない巨大な転換期をむかえようとしている。

世界も、日本も、激動の予兆に対する期待とおののきを内に蔵して、未知の時代に歩み入ろうとしている。このときにあたり、創業の人野間清治の「ナショナル・エデュケイター」への志を現代に甦らせようと意図して、われわれはここに古今の文芸作品はいうまでもなく、ひろく人文・社会・自然の諸科学から東西の名著を網羅する、新しい綜合文庫の発刊を決意した。

激動の転換期はまた断絶の時代である。われわれは戦後二十五年間の出版文化のありかたへの深い反省をこめて、この断絶の時代にあえて人間的な持続を求めようとする。いたずらに浮薄な商業主義のあだ花を追い求めることなく、長期にわたって良書に生命をあたえようとつとめるところにしか、今後の出版文化の真の繁栄はあり得ないと信じるからである。

同時にわれわれはこの綜合文庫の刊行を通じて、人文・社会・自然の諸科学が、結局人間の学にほかならないことを立証しようと願っている。かつて知識とは、「汝自身を知る」ことにつきていた。現代社会の瑣末な情報の氾濫のなかから、力強い知識の源泉を掘り起し、技術文明のただなかに、生きた人間の姿を復活させること。それこそわれわれの切なる希求である。

われわれは権威に盲従せず、俗流に媚びることなく、渾然一体となって日本の「草の根」をかたちづくる若く新しい世代の人々に、心をこめてこの新しい綜合文庫をおくり届けたい。それは知識の泉であるとともに感受性のふるさとであり、もっとも有機的に組織され、社会に開かれた万人のための大学をめざしている。大方の支援と協力を衷心より切望してやまない。

一九七一年七月

野間省一

2022年3月15日現在

鶴岡市立 藤沢周平記念館 のご案内

藤沢周平のふるさと、鶴岡・庄内。
その豊かな自然と歴史ある文化にふれ、作品を深く味わう拠点です。
数多くの作品を執筆した自宅書斎の再現、愛用品や自筆原稿、
創作資料を展示し、藤沢周平の作品世界と生涯を紹介します。

利用案内

所在地　〒997-0035 山形県鶴岡市馬場町4番6号（鶴岡公園内）
TEL/FAX　0235-29-1880/0235-29-2997
入館時間　午前9時〜午後4時30分（受付終了時間）
休館日　水曜日（休日の場合は翌日以降の平日）
年末年始（12月29日から翌年の1月3日まで）
※平成25年4月より、休館日を月曜日から水曜日に変更しました。
※臨時に休館する場合もあります。
入館料　大人320円［250円］高校生・大学生200円［160円］
※中学生以下無料。［ ］内は20名以上の団体料金。
年間入館券1,000円（1年間有効、本人及び同伴者1名まで）

交通案内

・JR鶴岡駅からバス約10分、「市役所前」下車、徒歩3分
・庄内空港から車で約25分
・山形自動車道鶴岡I.C.から車で約10分

車でお越しの際は鶴岡公園周辺の公設駐車場をご利用ください。（右図「P」無料）

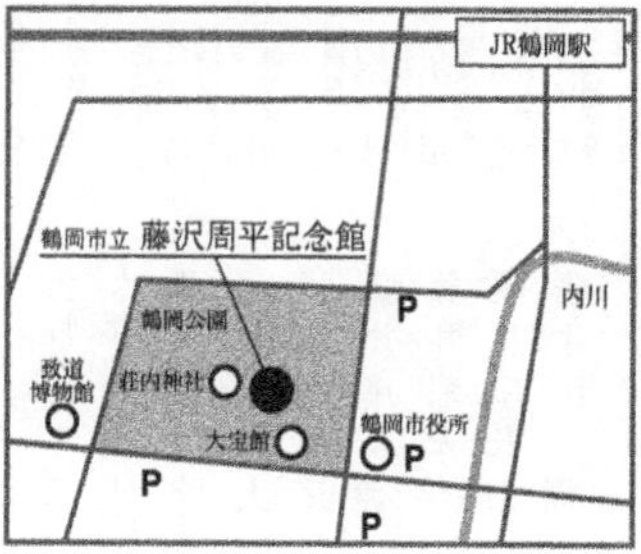

—— 皆様のご来館を心よりお待ちしております ——

鶴岡市立 藤沢周平記念館

http://www.city.tsuruoka.lg.jp/fujisawa_shuhei_memorial_museum/